Sonya
ソーニャ文庫

新妻監禁

山野辺りり

イースト・プレス

contents

プロローグ

階段下に倒れこんだ男は、四肢《しし》を投げ出しピクリとも動かなかった。不自然な方向に曲がった脚が、大変な事態であることを伝えてくる。

セラフィーナは瞬きも忘れ、叫びだしそうな口を震える両手で押さえた。

「……い、や……」

鼻腔《びくう》に鉄錆《てつさび》に似た不快な臭《にお》いが広がる。彼女は、それが血の臭いであるとは気がつかない。生まれてこの方不穏な事態など一切無縁で、何不自由ない生活をしてきたのだ。

だから、ぬるりとした手の感触にさえ、大仰に背筋を強張《こわば》らせるだけだった。

定まらない視線で見れば、両掌《てのひら》は真っ赤に染まっている。それどころか、ドレスも赤黒く色を変えていた。一度認識してしまえば、屋敷全体が急速に生臭《なまぐさ》い異臭を放ち始める。

どうして、と声にならない掠《かす》れた呻《うめ》きを漏《も》らしたところで、伏した男が起き上がることはない。

視界が揺れ、立っていることさえ困難で、セラフィーナはその場にしゃがみこんだ。使用人に若さを侮《あなど》られないよう、無理に伸ばしていた背筋が丸まってゆく。込みあげる吐き気を堪《こら》えきれず、えずいた拍子《ひょうし》に床の血溜《ちだ》まりに両手をついていた。

跳《は》ねた赤い滴《しずく》が、粘度《ねんど》を伴って頬《ほほ》を伝う。一際《ひときわ》濃くなった血臭が胸を搔《か》き毟《むし》った。

今ならまだ、間に合うかもしれない。すぐに医師を呼び、手当てをすれば助けられるかもしれない……

萎《な》えた己の足を動かし階下に向かおうとしても、セラフィーナの下半身には力が入らなかった。すべきことは分かっているが、震えるばかりの身体は、最早《もはや》制御がきかない。他人のもののように重い肉体を持て余し、セラフィーナは涙だけを溢れさせた。とめどなく伝うそれに、血で汚《よご》れた顔が濯《すす》がれてゆく。呼吸さえままならず、何も考えられない。ただ、無意味に手だけが宙を搔いた。

「誰か……」

助けを求めたいのは、知らない人間などではない。今、縋《すが》りたいのはたった一人。セラフィーナにとってこの世で一番愛おしいあの人だけ。幼い頃からずっと憧《あこが》れ続け、ひと月前に式を挙げたばかりの、夫だけだ。

「ヴィンセント様……噓、噓でしょう……？　お願い、返事をしてヴィンセント様……！」

しかし狂おしく名を呼ぶ声に、返事はなかった。残酷なまでの沈黙《ちんもく》。何故なら、求めてやまないその人は――

「いやぁぁあ……っ！」

二人の男が縺《もつ》れ合って階段から落ちた時、尋常ならざる音がした。激しい物音と振動の後に訪れたのは静寂《せいじゃく》。その落差に、暫《しばら》く現実が呑《の》みこめなかったほどだ。ようやくセラフィーナが辺りを見回した頃には、随分《ずいぶん》時間が経っていたように思う。そして今は。

自分が叫んでいるのだとも気がつかず、女の耳障りな悲鳴が尾を引いていた。喉が壊れそうになるのも構わず、限界を超えた大声を迸《ほとばし》らせる。瞬きも忘れて、セラフィーナは息の続く限り絶叫した。いや、苦しくなっても尚、掠れた声を振り絞る。

助かるわけがない。

どこか冷静な頭がそう判断を下すが、同時に諦《あきら》めるなと叱咤《しった》する自分もいる。相反する考えに引き裂かれ、一歩も動けないままひたすら声を張り上げていた。

死んだ？　あの人が？　どうして？　誰のせいで？

疑問ばかりが占める思考の中、何も認識していなかった瞳が一点に引き寄せられた。這《は》うようにして近づいてくる一人の男。四つん這いの姿勢で階段を上ってくる彼は、青白い額に玉の汗を浮かべていた。涙に霞《かす》む視界で捉《とら》えた男は、決して視線を逸らすことなくこちらを目指して進んでくる。ゆっくりと、でも確実に。

雷光の中、その姿が浮かびあがる。セラフィーナは息を凝らして彼を見つめていた。もう、悲鳴はあげていない。それどころか睫毛《まつげ》一本動かせず、全てを搦《から》め捕《と》られて硬直していた。

「あ……ぁ……」

「――……あの男は死んだ。僕が、殺したんだ」

やがてセラフィーナの眼前まで辿《たど》りついた男は、はっきりと言った。聞き間違える余地などないほど明瞭《めいりょう》に。

「……っ！」

再び発した絶叫は、窓に打ちつける嵐に呑まれ、暗闇に溶けていった。

1　箱庭の囚人

部屋の中は常に同じ温度で保たれている。暑くはないし、寒くもない。日々、快適な室温で安定し、それ故にセラフィーナは一年中薄手の夜着さえあれば問題なかった。

しかし、いくら人の目がないとは言っても、まさか一日中自堕落《じだらく》な格好をしている気にはなれず、今日もセラフィーナはきちんと着替え、髪も自分にできる範囲内で纏《まと》めている。

腰まで届く濃紺のような黒髪は艶《つや》やかだが、セラフィーナはあまり好きではない。もともと明るいとは言えない顔立ちを、更に暗く見せている気がするからだ。それでも、癖《くせ》がなく流れるような髪の美しさは、人に羨《うらや》まれる数少ない美点でもあった。

――あの人も、好きだと言ってくれた……だから、長く伸ばしてくれと……

鏡の前で最低限の化粧《けしょう》を施しても、青い瞳の女の表情は晴れることなどない。屈託《くったく》のない笑い方などとうに忘れ、強張った頬は青褪《あおざ》めこけている。セラフィーナは溜め息を吐き出すと立ちあがり、鏡に映る自分の姿から眼を引き剝《は》がした。

ここでは、身の回りのことを手伝ってくれる者はいない。いや、いるにはいるが、頼る気は毛頭なかった。むしろ、触れられたくないというのが本音だ。そのせいで以前できなかったことが今では一人でこなせるようになったのは、皮肉な話だった。

セラフィーナは緩く三つ編みにされた毛先を弄《もてあそ》びながら、壁に飾られた絵を順番に見て回る。

右から左に移動してゆくのはいつものこと。美しく繊細な筆致《ひっち》で描かれたそれらはどれも素晴らしく、きっと名のある画家の手によるものだろう。大きなものから小さなものまで、様々な風景画や静物画が飾られていた。共通しているのは、全てがセラフィーナの思い出に繋がるものであるということだ。

かつて住んでいた街並み。行ったことのある港。好きな花。好物の果物。感動した歌劇の一幕。

懐かしさや楽しさを思い出させてくれる欠片《かけら》たちに笑みとも呼べぬ淡い表情を浮かべながら、セラフィーナは一枚ずつ大切そうに額縁をなぞった。

昔両親と住んでいた屋敷の庭園は、絵の中で鮮やかな花を咲き誇らせている。誕生日に贈られた人形は、今もあの屋敷に保管されているだろうか。描かれた頃よりも実物は薄汚れてしまっているかもしれないが。

あの人形を貰った頃から、父に会うために時折屋敷を訪れていたヴィンセントが好きだった。年が七つも離れているから相手にされないと諦めていたが、彼が父に連れられて来るたび、張り裂けんばかりに胸を高鳴らせた。幼いながら必死に姿を眼で追い、耳をそばだてて、一挙手一投足を見逃すまいと全身全霊で見つめていた子供の自分。

父にとっては友人の息子であり、当時から抜きん出て優秀な彼に眼をかけていたのだろう。最初は親同士を通じての付き合いだったものが、いつの間にかヴィンセント一人でも訪れるようになっていた。

背が高く逞《たくま》しい男性的な体軀《たいく》。仕草や顔立ちは優しく、理知的な会話は彼の聡明さを証明していた。子供のセラフィーナを侮ることなく、小さなレディとして敬意をもって接してくれ、穏やかな笑みが絶えることはなかった。

まだ少年の面影を留めていた頃から彼の美しさは他を圧倒しており、そして成長するにつれ、男性的な魅力が加われば、女性陣の眼を惹《ひ》きつけないはずはない。勿論《もちろん》、セラフィーナも例外ではなかった。

当時、彼の周りには女性の影が絶えなかった。将来有望な青年実業家。眉目秀麗《びもくしゅうれい》な理想の結婚相手は、常に注目の的になる。人の集まる場所に出れば、たちまち魅力的な大人の女性に取り囲まれる彼を、何度歯噛みする思いで遠くから見守っただろう。ただの『知り合いの娘』や『妹』では越えられない壁が、二人の間に高くそびえ立っているように感じられた。

きっと誰も知らない淡い恋心。知られれば、羞恥《しゅうち》で死んでしまう気がして、セラフィーナは決して本心を口にすることはなかった。たまに姿を見られるだけで充分――ずっとそう思っていたのだ。けれど、次第に募る恋心を吐き出せないことが辛くなったのはいつからか。

両親が健在だった頃は、想いが届くことはなくても、切なくも平凡な日々が続くのだと信じていた。しかし、ある日全てが変わった。両親の死。あの悪夢を境にして、きっとこのまま眺めるだけで終わるのだと、ある意味平穏な諦めの中にいたセラフィーナの日常は終了を告げた。

社交界デビューしたての十五歳で両親を不慮《ふりょ》の事故で亡くして以来、孤独と不安、悲しみで押し潰されそうだったセラフィーナを支えてくれたのはヴィンセントだった。経済的には勿論、精神的にも。

亡くなった父親に世話になったという理由にしては過分な援助を受け、淡い恋が愛に変わるのに時間はかからなかった。瞬く間に、セラフィーナの世界はヴィンセント一色で埋め尽くされたのだ。

本来、未婚の男性がさほど年の変わらない子供を引き取ることなどあり得ない。しかも異性とあっては『後継者として』という理由さえ成り立たず、口さがない者たちは、面白おかしく囀《さえず》ったと思われる。だがヴィンセントは周囲の噂話などものともせずにセラフィーナを保護し、面倒を見てくれた。とても献身的に、誠意をもって。

それは庇護《ひご》者である兄か父のようで、セラフィーナにとっては嬉しくもあり悲しくもあった。自分は所詮、恩義ある父の娘であるから親切にしてもらえるだけ。諦念《ていねん》の中で懸命に気持ちを押し殺そうと努力しても辛くて、何度枕を濡らしたことか。思い返すだけで、また泣きそうになってしまう。

けれども奇跡は起こり、彼はセラフィーナを選んでくれた。同情だったのかもしれない。それでも嬉しかった自分は、どこまでも罪深く自分勝手だ。

屋敷の全景を映した絵から名残《なごり》惜しくも視線を動かすと、セラフィーナは次の絵に記憶の扉を刺激された。

ヴィンセントと初めて踊った夜会の光景。

妹ではなく、一人の淑女として扱ってくれた証の花束。本物の花は枯《か》れてしまっても、鮮やかに香りを思い出すことができる。愛らしいピンクの中央に据《す》えられた、紫がかった赤い薔薇《ばら》。『君のイメージで選んだ』と告げられた時は、どこまでも舞い上がってしまうと思った。

それから、二人きりで出かけた劇場。結婚を申し込まれた噴水前。

あらゆるものが、全て夫であるヴィンセントへと繋がっていた。

何を見ても、思い起こされるのは彼との過去。本当は絵画などなくても、セラフィーナはいつだってヴィンセントとの思い出に浸れる。それはセラフィーナにとって彼が人生の全てだからだ。

ああ、そして大勢の人々に祝福された結婚式。

荘厳な教会はステンドグラスから差し込む光で、息を呑むほど美しかった。だが、どんなに堪えても滲《にじ》んでくる涙のせいで、眼に焼きつけられなかったことが今でも悔やまれてならない。彼の表情さえ、霞んでしまっているなんて。対照的にはっきり記憶しているのは、ヴィンセントの袖口にあった見事な彫刻を施されたボタン。

絵画の中、純白のドレスを纏い、幸せそうに微笑む女性はセラフィーナ自身だ。肩を越した長さの髪を美しく纏め上げ、隣に立つ男性と腕を組み、背の高い彼をうっとりと見上げている。しかし、描かれた夫の顔の部分は無残に塗《ぬ》り潰されていた。

いくら憎んでも足りないあの男によって――

ガチャリと重々しい解錠音が響いた。幸福だった過去に浸って、そこまでの接近にまったく気がつかなかったセラフィーナの背が強張る。いつもより、時間が早い。だから油断していた。

今日も、果てしなく憂鬱《ゆううつ》で、嫌悪と憎悪に塗《まみ》れた宴《うたげ》が始まるのだ。ほぼ毎日繰り返されているが、この悪夢に慣れるということは永遠にない。これから自分は心を殺し、同時に尽きることのない恨みに支配される。

怯《おび》えで震えそうになる身体は、自身の中の怒りを掻き立てることで抑えこみ、セラフィーナはゆっくりと振り返った。決して動揺を見せたりはしない。弱々しく許しを請うたりもしない。

瞬き一つで先ほどまでの幸せな感傷に区切りをつけて、セラフィーナは扉を開ける男を睨《にら》みつけた。

そのドアを開く鍵《かぎ》を持つ者はたった一人。この部屋にノックもなく入室してくる者は他にいない。セラフィーナの愛する夫を殺したあの男だけ――

「……今日は飛びかかってこないのだな」

「貴方に素手《すで》で敵《かな》うわけがありません。不必要に触れる理由を作るのは、愚かだと学習しました」

昨日までは、何とかして逃げ出そうと男の脇をすり抜けようとしたり、体当たりを試みたりしていた。しかし全て失敗に終わり、結果的に『罰』を与えられる理由を作っただけだった。ならば――と今日は注意深く距離を保つことで様子を見る。

ヴィンセントの死から、もうどれだけの日数が経ったのか正確には分からなかった。しかし少なくとも一年近くは過ぎていると思う。時間の感覚はとうになく、隔絶《かくぜつ》された外のことは計り知れない。

セラフィーナは、この部屋に閉じ込められていた。監禁、と言って差し支えはない。外界から遮断され、訪れる者は一人の男——フレッドと稀《まれ》に来る世話役の女だけ。その女性は絶対の忠誠を彼に誓っているのか、セラフィーナの質問には一切答えてくれない。それどころか、会話さえまともに成立したことはなかった。いつも最低限の用事を終えれば、逃げるように立ち去ってしまうのだ。それこそ、正面から顔を合わせたことがないと言っても、過言ではなかった。

つまり、一切の情報も入ってこない生活の中、窓が潰された一室に押しこめられ、時間の経過など知る術もない。唯一、外を感じさせてくれるのは、高い位置に設けられた天窓だけだ。それとて擦り硝子《ガラス》が二重に嵌めこまれているらしく、何の景色も見通すことはできなかった。鳥の気配さえ感じられず、ただ柔らかな光だけが孤独なセラフィーナにも手を差し伸べてくれる。

いったい、こんな囚われの身が今後どれだけ続くのか。自分を探し出し助けようとしてくれる者はいるのか。考えるだけで叫びだしたいほどの衝動に駆られた。『助けて』と、諸悪の根源である男にさえ縋りつきたくなってしまう。そんな弱さを、セラフィーナは奥歯を噛み締めることで抑えこんだ。怯えた姿など、彼にだけは見せたくない。

「愚か、ね。その通りだよ。どうせ君はここからは出られない。……一生ね」

「一生……?」

恐れていたことを明確な言葉にされ、セラフィーナの虚勢《きょせい》は脆《もろ》くも崩れた。戦慄《わなな》く足には力が入らず、血の気が急激に引いてゆく。干上がった喉は、掠れた悲鳴を漏らした。

「……わ、私をここから出して」

「そのお願いは叶えられない。何度も言っただろう……？」

むしろ優しく聞こえる口調で、眼前の男は微笑んだ。まるで夜の支配者だ。天窓からの光が彼を照らす。茶色の髪は影のせいで実際以上に暗く見え、こんなに明るい中でさえ、男の周りには陰鬱《いんうつ》な闇が凝っている。通った鼻筋や聡明そうな額、形のいい薄い唇までもが、魔物めいた美しさを作りあげていた。中でも金が混じる不思議な瞳の色が、より一層彼に妖しい魅力を与えている。長い手足に見合う長身から見下ろされ、セラフィーナは小さく喉を震わせた。

「いい加減、諦めろ。君はこの箱の中だけでしか、生きられないのだから」

「……触らないで！」

竦《すく》んでいたセラフィーナの身体は、伸ばされたフレッドの手を振り払うことで動きだした。そのまま部屋の奥へと駆け込み、彼との距離をとる。

「私を解放して！　皆に連絡をとらせてよ……！」

「いったい誰に？　君に親しい友人はいないだろう？　家族もいない」

フレッドの言う通り、セラフィーナには日常的に連絡を取り合う相手など一人もなかった。両親を亡くし、親族とは疎遠になり、噂話の種にされるのが嫌で碌《ろく》に社交の場にも出なかったためだ。だから、今更姿を消したセラフィーナを探して助けてやろうという奇特《きとく》な人間などいるはずがない。微《かす》かな希望も打ち砕かれた気分で、セラフィーナは拳《こぶし》を握り締めた。

「私の家族……夫を、ヴィンセント様を殺したのは貴方じゃない……！」

血を吐くような思いで口にした言葉は、彼を傷つけるよりも鋭く自分を抉《えぐ》った。もうこの世のどこにもいない、フレッドに奪われた最愛の人。あまりの心痛が、面影を追うことさえ歯止めをかけた。思い出せば辛くなる。優しい笑顔は、そのまま凶器に等しかった。

「……そう。僕が殺した。この手で」

せっかく離れたのに、フレッドの長い足によって僅《わず》か数歩でお互いの距離は詰められてしまった。吐息がかかりそうなほどの近さに、眩暈《めまい》がする。彼によって作られた影に閉じ込められ、セラフィーナは喘《あえ》ぐことしかできなかった。

「ほら、この手だよ。君も見ていたから、覚えているだろう？」

フレッドから突き出された掌をじっと見つめていると、『過去』に引き戻されそうになる。血に塗れた、あの狂気の一夜へ。

「いや……っ」

再び逃げようとしたセラフィーナの身体はしかし、彼によって阻《はば》まれた。抱き締める、と言うよりも押さえこまれたと表現した方が正確だ。強引に捕らえられ、そのまま一番近づきたくなかったもう一つの扉へと運ばれてしまう。どんなに抵抗しても、体力や体格差は如何《いかん》ともしがたい。軽々と抱き上げられ、されるがまま隣室へと連れこまれた。

「放して……！」

「せっかく学習したのなら、これもそろそろ覚えた方がいい。君はこの部屋からは出られない。……そして、永遠に僕のものだ」

「いやぁあっ」

落とされたベッドの上で暴れるも、意に介さない彼により、両腕は頭上に拘束された。悲鳴よりも甲高い布を裂く音が響き、胸元が破られたドレスは二度と着ることができないただの布に変わる。ここに閉じ込められてから、もう何着無駄にしたことか。数えることさえ諦めた。どうせ数日後には新しいドレスがクローゼットに掛けられているのだ。

用意するのは勿論フレッド。自分で買い与えた物を無残にも引き裂いて、不毛としか言いようがない。理解できない彼の行為に、セラフィーナは必死で抵抗した。

「やめて！　私に触らないで……！」

夫しか知らなかった身体は最早、数え切れないほど穢《けが》されてしまっている。けれど、嫌だという気持ちが消えることはない。むしろ日々大きくなる。

身を捩《よじ》り、覆い被さるフレッドの下からどうにか逃れようとしたが、ことごとく失敗に終わり、瞬く間に生まれたままの姿にされた。元よりコルセットなどを着けていたわけでもないので、彼にとっては容易だったのかもしれない。これでは、まるで期待して誘っているみたいだ。絶望の中、セラフィーナは唇を噛み締めた。

「……いつか必ず天罰がくだるわ……」

「そうだな。だがそれは天が与えるものじゃない。僕に罪を償わせたいのなら、君がするべきだ」

摑まれたセラフィーナの指先はフレッドの首へと導かれた。触れた熱さに瞬間手を引きかけるが、すぐに彼の真意を察して動けなくなる。触れることを促された場所は、人体の弱い部分。攻撃を加えれば、非力な者であっても命を奪うことができるところ。

無防備に晒《さら》されたフレッドの急所の下で、脈打つ血潮が感じられた。その生々しさにセラフィーナは言葉もなく瞳を揺らす。

嫌なら殺せと。無言のまま要求されているのだ。フレッドの眼差しはどこまでも澄んでいて、本気なのだと嫌でも分かる。冗談ではない証拠に彼は更に強くセラフィーナの手を自身の首へと押しつけた。

「……君になら、いつ命を奪われても構わない」

「……ひっ」

いくら憎くて堪《たま》らない男であっても、人の命を奪う覚悟などセラフィーナにはなかった。

それに他者を殺めれば、どんな理由があったとしても先に逝《い》ってしまったヴィンセントに会えなくなる。

夫はいつでも溢れんばかりの優しさを注いでくれる清く正しい人だった。そんな人が行くのは、天国に決まっている。セラフィーナが罪を犯せば、同じ天上にはいけず、永遠に道は分かたれてしまうだろう。同じ理由で、自害も選べずにここまでズルズルと生き永《なが》らえてしまった。

「僕を拒むのなら、命がけで。……ああ、僕が君に危害を加えることはないから、安心していいよ。あとは君がこの手に力をこめるだけだ」

「だ、駄目……っ」

フレッドはセラフィーナの手を使って本当に首を絞めかねない勢いで力を加えた。僅かに顰《ひそ》められた男の眉が、息苦しさを物語っている。それなのに緩めようともせず、更にセラフィーナの指先を彼の肌へ喰いこませてきた。

「やめて……!」

弾けた恐怖が力になってセラフィーナにフレッドの手を振り払わせた。その際、勢い余って引っ掻いてしまったのか、彼の首に三本の赤い線が走る。朱《しゅ》の珠《たま》が伝い落ちるのを、セラフィーナは動揺と共に見上げていた。

「あ、ご、ごめんなさ……」

「謝るなんて、本当にお人好しだな。君は、自分が僕に何をされたか、忘れてしまったのか？　そしてこれから何をされるのかも」

「……！」

手の甲で無造作に血を拭《ぬぐ》ったフレッドは、危険な光を双眸《そうぼう》に宿らせた。どこか飢えた、冷ややかな光。獰猛《どうもう》でありながら悲哀をも感じさせる色に既視感を覚え、セラフィーナはほんの一瞬抵抗を忘れた。

微かによぎる何かの残像。

けれども、いつどこで、誰のものだったかを手繰《たぐ》り寄せることは叶わなかった。何故なら、荒々しく口づけられていたからだ。顎《あご》を閉じる間もなく、我が物顔の彼の舌に凌辱《りょうじょく》される。歯列をなぞられ、上顎を擽《くすぐ》り、逃げ惑う舌は搦め捕られた。わざと立てられた水音が卑猥《ひわい》に鼓膜を揺らし、唾液を注がれる。嫌悪感から吐き出したいと願うのに、心とは裏腹な身体は従順に飲み下してしまっていた。

何度も繰り返された行為により、望まない快楽を覚えてしまったセラフィーナの肉体は、いとも簡単に陥落《かんらく》する。いくら違うと叫ぼうとも、苦痛より快感を選ぶのが人というものだ。フレッドの、力ずくでありながら、こちらの反応を的確に読み取った愛撫に、なすすべなどなかった。

下唇を食まれ、幾度も角度を変えてキスされる。粘膜を柔らかく擦り合わせ、時に噛みつく勢いで深く喰らわれれば、次第に息苦しさも相まって、頭の中はぼんやりと霞みがかかっていった。

「嫌ぁ……っ、もう、やめて！」

セラフィーナは最後の理性を掻き集め、唇が解かれた瞬間に猛然《もうぜん》と頭を振った。隣室には、ヴィンセントとの思い出が溢れている。その近くで、憎むべき男に穢されるなど冗談ではない。しかし、胸の頂《いただき》を摘《つ》ままれると、ごまかしようのない愉悦《ゆえつ》が背筋を駆け上った。

「ふ、ぁ……っ」

「どうせ同じ結果になるのだから、早く諦めればいいのに……下手に暴れれば疲れるだろう？　最近また少し痩せたんじゃないのか」

脇腹から腰骨辺りまで撫《な》で下ろされ、下腹にざわめきが生まれた。官能的な触れ方に肌が粟立《あわだ》つ。自分の脚の間が潤《うるお》ったのを感じて、セラフィーナは自己嫌悪に沈んだ。心を裏切る肉体など切り捨ててしまいたい。本当は今すぐ夫を追いたいのに許されず、こんな辱《はずかし》めを受けることになるなんて、いったい誰に予想できただろう。

溢れる涙は、フレッドが丁寧に舐《な》めとっていた。それも、いつものことだ。

まるで儀式のように、彼は嗚咽《おえつ》するセラフィーナの涙を舐め続ける。決して涸れることも止まることもないそれを。

「……嫌い、……貴方なんて大嫌い……！」

「……知っている。でも、どうでもいい」

セラフィーナの心など興味がないと言い放ちながらも、フレッドの手は奇妙な気遣いに満ちていた。押さえつけても、痣《あざ》や傷ができるような真似はしない。勿論殴るなど言語道断。初めの頃に縛りつけられた時でさえ、柔らかな布を使ってくれた。

その垣間見える違和感に、セラフィーナはいつも混乱するのだ。

「う、あっ……」

片脚を持ち上げられて、膝、太腿《ふともも》へと唇を落とされる。自分だけがあられもない格好なのが嫌できつく眼を閉じれば、含み笑いが降ってきた。彼は、ほとんど服を脱ぐことをしない。せいぜいがシャツをはだけさせる程度だ。

別にフレッドの裸など見たいわけではないけれども、着衣の彼の前でいつも自分だけが全裸にされるのは屈辱以外の何ものでもなかった。軽んじられていると感じられ、惨めな気分になるのだ。だから今日もセラフィーナは絶望が瞳から溢れないよう視界を遮断し、伏せた睫毛の下で新たな涙をこぼす。

「セラフィーナ、こっちを見て」

「名前を……呼ばないで……！」

親しげにファーストネームを呼ぶのは、よほど懇意にしているか家族でなければあり得ない。そしてセラフィーナにとっては、両親亡き後自分の名を口にしてくれるのは夫だけだった。ただ一人に許したはずの呼び方を穢された気がして、悲しくて堪らない。憎い男はそれを熟知しているのか、毎日のようにあえて嫌がらせのように呼びかけてくる。

頑《かたく》なに目蓋《まぶた》を閉じたまま顔を背けたが、長い指に顎を捉えられ正面を向かされた。おそらく今、フレッドの眼差しに射貫かれている。熱い、と感じるほどの視線の強さがじっと注がれていることにセラフィーナは気がついていた。

「君に拒絶する権利はないよ。だいたい今後セラフィーナの名を呼ぶのは僕だけだ。他には、誰もいない」

「……っ、残酷な人……」

口づけるほどに寄せられた唇が、セラフィーナの耳殻《じかく》を擽った。産毛《うぶげ》を撫でる吐息が湿った熱を帯びる。直接吹き込まれる言葉と息に、セラフィーナの頭の中は一気に沸騰《ふっとう》した。

「セラフィーナ」

熱いのは他者の体温のせいなのか、それとも別の何かが体内で燃えているからなのか。ドクリと跳ねた鼓動が、苦しいほどに速度を上げる。

フレッドの声音は甘く、嫌がらせと言うにはあまりにも優しい。柔らかな低音が繰り返す自分の名前が、ゆっくりと、けれども着実に浸透してくるのが分かった。たかが名前。されど名前。侵されたくない神聖な部分にまで入りこまれそうで、セラフィーナは首を竦めて音を締め出した。

聞かなければいい。そうすれば、何もなかったのと同じ。無駄な抵抗と知りつつ、ただの人形でありたいと願う。いっそ本当に心も聴覚も失い、惑わされることなくヴィンセントのもとへ飛んでゆけたらいいのに。

いつまでも迎えに来てくれない愛しい人への恨み言は、フレッドによって掻き消された。夫を想い現実逃避を試みたセラフィーナを許さないとばかりに、与えられたのは鮮烈《せんれつ》な淫悦。敏感な花芯を強く擦りあげられた。

「ひ、ぁ、あっ」

「余計なことは、考えないように。今、君が考えるべきは僕のことだけだ」

思わず眼を見開いてしまい、直後に後悔した。ひたりと据えられた眼差しは逸らすことを許してくれず、一度囚われてしまえば、もう瞬きもままならない。呼吸さえ忘れ、セラフィーナはフレッドと見つめ合った。

「誰が、貴方のことなど……っ」

「君の世界には僕しかいない。だったら、見るものも考えることも、口をきくのも僕だけであるべきだ」

「……！」

暗い海に、引き摺りこまれるかと思った。彼の金の瞳は光り輝く色なのに、その奥に横たわるのは暗黒の虚無だ。虚《むな》しい空洞が、ぽっかりと口を開けている。いったいどんな傷を負い、何を失えばこんな深淵《しんえん》になるのだろう。

フレッドの抱える闇に底知れないものを感じて、セラフィーナは改めて恐怖を覚えた。そして再び既視感に襲われる。

——以前にも、こんな——？　ああ、あれは……ヴィンセント様を『殺した』と告げられた時だ……

「ひ、ゃ……ぁあッ……あ」

淫らな芽を揺さぶられ、纏まりかけた思考は霧散《むさん》してしまった。フレッドに緩んだ膝を割られて、中央に陣取られてしまう。両脚を抱えられてしまえば、上へずり上がることさえできなかった。

「こんなに赤く熟れて……いやらしいな」

「見ないで……！」

容赦なく開かれた脚の付け根に、焦《こ》げる視線を感じた。恥ずかしいなどという言葉では補えない羞恥に焼かれ、頬どころか全身が真っ赤に染まる。セラフィーナが懸命に動かした手足は、虚しく宙を掻いた。

「暴れるな。また、縛られたいのか？」

「い、嫌……！」

以前、そうされた時には痛みがあったわけではないが、自由を奪われることへの恐怖を植えつけられた。無防備な状態にされ抱かれるのは避けたい。セラフィーナが怯えを滲ませると、フレッドは摑んだままのふくらはぎへキスをしてきた。

「……それもいいな。いっそセラフィーナ専用の首輪や手枷《かせ》、足枷を作ろうか。君の白い肢体《したい》にはきっと映える」

「じょ、冗談はやめて……」

とんでもない提案に首を振れば、フレッドは目線を絡めたままセラフィーナの脚に舌を滑らせた。じりじりと、見せつけるように時折唇で吸い上げながら、上を目指して進んでくる。卑猥な園へ近づくたびに、肌に赤い花が点々と咲いた。まるで道標のように、セラフィーナの繁みへと向かって。

「やぁ……っ、お願い、駄目……！」

「いつもしているじゃないか。嫌いではないくせに」

「ふ、んッ、ぁあ……あっ」

少し腰を持ち上げられたせいで碌な抵抗もできないまま、花弁の奥に隠れる芽を舌で転がされた。すっかり硬くなったそこは、快楽を享受することに貪欲になっている。脚を閉じようとしたセラフィーナの腿を彼の髪が擽り、淡い感覚さえもが愉悦を煽《あお》る要因に変わった。

「ひ、ぁ、あ……」

くちゅくちゅと粘度のある水音が奏でられる。身悶《みもだ》えるたびに甘噛みされ、全身が汗ばんだ。柔らかな舌全体で淫芽を押し潰されたかと思えば、軽く硬い歯を立てられ、両極端な感触に掻き乱される。同時に蜜を垂らす場所へ差し込まれた指が、セラフィーナの内壁をねっとりと撫でた。

「それは、駄目……っ、も、いやぁ……」

もどかしく緩やかな動きに煽られて、意思とは無関係に欲求不満が募ってしまう。浅い場所を往復するばかりでは、散々覚えこまされた刺激にはまるで足りず、もっと強請《ねだ》るようにセラフィーナの内部は収縮した。

「いい、の間違いだろう？　ほら、こんなに僕の指を締めつけてくる。自分でも分かっているはずだよ。素直に気持ちがいいと認めればいいのに」

「違う……！　私は……っ」

否定の言葉は重ねるほどに嘘めいて聞こえた。それは、乱れる息や甘さを含んだ声、尽きることのない水音からも明らかだ。フレッドの言う通り、膨《ふく》れ上がる一方の淫悦に押し流され、閉じねばならない膝も突っぱねねばならない腕も最早役には立っていない。おざなりの抵抗は、この先を強請っているのも同然だ。

彼の頭を押し退けるはずのセラフィーナの両手は、フレッドの髪の柔らかさを堪能するだけだった。

「んっ、ぁ……ふ、ぁッ」

一際大きな波に呑まれ、背がしなる。跳ね上がった腰は、淫らにも彼の口へ押しつける形になった。

「どろどろだ。憎い男に犯されて善《よ》がる気分はどう？　君のことだから、逆に楽しめるのかもしれない」

「……楽しんでなんていないっ！　一生……いいえ、永遠に憎むわ。たとえ身体を穢されても、心は汚れたりしないもの……！」

この上ない侮辱《ぶじょく》に涙を振り払って叫べば、刹那の沈黙が落ちた。表情をなくしたフレッドが、感情の窺い知れない瞳でこちらを見つめている。何かが抜け落ちた昏《くら》い眼差しには、茫洋《ぼうよう》とした闇だけが広がっていた。

「――それでいい。君は永遠に憎しみに囚われていればいい。忘れるな、セラフィーナの夫を殺したのは、この僕だ。この手で、君の眼の前であの男を殺してやった。怯えた顔を覚えているだろう？　清々したよ。今でもあいつの断末魔《だんまつま》の叫びが、心地よく思い出せる」

「人でなし……！」

心底楽しそうにヴィンセントの最期を語るフレッドを、血を流すほどに睨みつけた。もしも憎悪で人が殺せるのならば、きっととっくに彼は死んでいる。

黒々とした汚いものが、セラフィーナの中に沈殿してゆく。いつかそれが器から溢れたら、自分は壊れて躊躇《ためら》いもせず、自らの手を汚す気がした。

いや、ひょっとしたら今の自分を正常だと信じていることが、既に狂っている証拠なのかもしれない。そうでなければ、復讐も果たせず仇《かたき》の男に囚われたまま生き恥を晒している理由が分からなかった。

「僕は人の心など、とっくに捨てている。愚かなセラフィーナ。そんな言葉で、傷つけられると思ったのか？　挑発しているつもりなら、浅はかだな」

「や、ぁああ……っ」

「ほら、淫乱な君が欲しくて堪らないものだ。存分に味わうといい」

指とは比べものにならない質量が、セラフィーナの花弁を押し広げた。毎日のように身体を重ねても、一向に慣れることはない。隘路《あいろ》へ強引に侵入され、圧迫感に慄《おのの》く。一気に最奥を突かれて、セラフィーナは声もなく四肢を強張らせた。

「……っ」

埋め尽くされた体内が、蠢《うごめ》いている。異物を排除するためではなく、本能は歓喜のままにフレッドの屹立《きつりつ》を舐めしゃぶっていた。

「……ほら、楽しんでいる」

「ち、がう……っ」

一言話すだけでも、振動が内側に響いて得も言われぬ快感を生んだ。額に浮いた汗が珠になり、眼に沁みる。セラフィーナの下腹へ掌を押し当てたフレッドが、酷薄に唇を歪《ゆが》めた。その皮膚の下には、彼の剛直が埋まっている。見えない器官を愛撫するように円を描かれ、ゾクゾクと愉悦が走った。

「温かいな……でも、こんなものじゃ足りない」

「ふ、ぐ……っ？」

腹を押されたと同時に、フレッドが腰を動かした。彼の昂ぶりに腹の中を抉られる。セラフィーナにとって冷静ではいられない場所を容赦なく往復された。いや、それだけならば、まだ耐えられたかもしれない。厄介なのは、外からお腹を押されたせいで、余計に強く摩擦されたことだ。通常でも声を抑えられなくなるところなのに、内と外から加えられた圧力のせいで、尋常ではない快感が弾けた。

「んぁッ、あああッ」

不安定な踵《かかと》が、跳ね踊る。涙も唾液も、拭う余裕などどこにもない。開きっ放しになった口からは嬌声《きょうせい》だけが溢れ出ていた。

セラフィーナの様子に満足したのか、フレッドは執拗《しつよう》に同じところを擦りあげ続ける。下腹に添えられていた手は下に移動し、卑猥に顔を覗かせた花芯を嬲《なぶ》った。敏感な部分を同時に弄《いじ》られ、なすすべなく堕ちてゆく。ヴィンセントを殺めた男の手によって、セラフィーナの身体はすっかり作り替えられてしまった。

荒々しく突かれ、打擲音《ちょうちゃくおん》が打ちつけ合う肌から掻き鳴らされる。じゅぷじゅぷと掻き出された花蜜が泡立つほどに激しくされ、視界は安定することなく上下した。

肉洞を擦られるたびに、頭の中が破壊される気がする。考える力を奪われ、ふしだらなものに支配されてしまう。このまま肉欲の虜になって、本当に大切な人のことを思い出せなくなったらどうしよう。

セラフィーナは、脳裏をよぎりそうになった夫の顔から眼を背けた。

別の男に穢されている時に、思い浮かべたくはない。ヴィンセントに見られている気がして、どうか私を見ないでと面影を掻き消し、眼を瞑《つむ》る。

かつての愛しい人は、こんなふうに暴力的な悦楽の嵐にセラフィーナを叩きこんだりはしなかった。いつだって、全てが初めてのセラフィーナを慮《おもんぱか》り、優しく導いてくれたのだ。恥ずかしいことや嫌だと思うことは一切強要せず、常に穏やかな笑みで手を引いてくれた。セラフィーナも控えめに声を漏らすのが精一杯で、完全に明かりを落とした部屋の中、手探りで愛を深め合ったのだ。

それなのに――

「……あっ、ぁあ、ん、やぁあ……ッ」

今や残酷なほどに男の手管《てくだ》に踊らされ、腹を波立たせて喜悦に鳴いている。身体を二つに折られるような体勢は苦しいのに、深く突かれると苦痛も霧散した。むしろもっとと自らフレッドの腰へ脚を絡めるふしだらな真似までして、セラフィーナの煮え滾《たぎ》った頭は理性をなくし、獣《けもの》へと成り下がっていた。

「ひ、あァぁ……ッ、んぁあっ」

聞くに堪えない水音が部屋に木霊《こだま》する。軋《きし》むベッドの音も相まって、下品な音楽が降り積もってゆく。合いの手のようにセラフィーナの嬌声が入り混じり、退廃的な空気が澱《よど》んでいた。その中で絡み合う二つの影は、どれほど醜《みにく》いのか。

この行為に愛はない。存在するのは憎しみだけ。

フレッドが何故ヴィンセントを殺し、どんなつもりでセラフィーナを監禁して凌辱の限りを尽くすのかも分からない。

ただほぼ毎日訪れる彼に身体を奪われ、ここから出ることも他者に会うことも許されていないことだけは、嫌と言うほど理解していた。この先ずっとフレッドの意のまま弄ばれ続けるのかもしれないことも。

「うつぶせになって。今度は後ろから突いてあげる。君はそっちの方が好きだろう」

「好きじゃな……ぁ、ああっ」

ぐるりと引っくり返されて、セラフィーナは彼に背を向ける体勢にされていた。眼前にはリネンの白が広がっている。もともとは糊《のり》のきいた清潔なものであったのに、皺《しわ》くちゃに乱され汚れた布が、まるで自分自身と重なって見えた。けれども、洗えば綺麗になるシーツと己は違うのだ。

一度夫以外の男を受け入れてしまった罪は、魂に刻まれている。見ただけでは気がつかないかもしれないが、腐臭《ふしゅう》を放っていないと誰に保証できるだろうか。もしかしたら、セラフィーナは既に人前になど出られないほどに腐《くさ》り切っているのかもしれない。この部屋には自分とフレッドしかいないのだ。時折現れる女性は、彼の腹心。信じられるわけがなかった。

――ヴィンセント様……私はもう、貴方には相応《ふさわ》しくない……それなら、いっそ
――

「……こ、ろして……」

意識せず漏れ出た言葉は、どこまで本気なのかセラフィーナ自身にも分からなかった。そうして欲しいという願望は、抱いていたのかもしれない。だが、口にした当人が一番驚いてもいた。

「私……」

自ら命を絶つことができないのなら、他者の手で終わらせて欲しい。言葉にして急に、その選択肢が現実味を帯びてくる。考えてみれば、何故もっと早く思いつかなかったのだ

ろう。これほどの悪意をセラフィーナにぶつけてくるヴィンセントだ。既に夫を殺したことでその手は汚れている。今更被害者を増やすことに何の躊躇いを覚えると言うのか。

淡い期待をこめて、セラフィーナは背後のフレッドを振り返ろうとした。だが――

「……その言葉は二度と言うな。僕を殺したいのなら、それでもいい。でも、君が死を選ぶことは、許さない」

彼が、どんな顔で告げたのかは見ることが叶わなかった。後ろから覆い被さってこられた上、直後に鋭く貫かれたからだ。

「あッ、あぁぁ……っ」

尻だけを高く持ち上げられた服従の体勢を取らされて、先ほどよりも乱暴に揺さぶられる。がつがつと叩きつけられて、セラフィーナはシーツを握り締めた。あまりの激しさに喋《しゃべ》ることなどできず、獰猛な律動に翻弄《ほんろう》され、髪を振り乱す。蓄積されるばかりの快感が、怖いほどに膨らんでいた。これ以上されたら、本当におかしくなる。助けを求め伸ばした手は、何も摑めず空を掻いた。

「ひ、ぁああっ」

絡みつく彼の手が花芽を擦り、セラフィーナは絶頂へと飛ばされた。背をしならせ悲鳴をあげる。全身が熱を帯び、爪先までが丸まって、その後一気に虚脱《きょだつ》した。しかしフレッドは動きを止めてくれない。構わず腰を抱え直され、セラフィーナは頰を引き攣《つ》らせた。

彼はまだ、欲望を吐き出していない。

「も、もう……」

「これは罰だ。くだらないことを言った反省をするといい」

ここでようやく、セラフィーナは彼が怒っていることに気がついた。不用意な先ほどの一言が逆鱗《げきりん》に触れてしまったらしい。硬くなった声が、凍《い》てついた眼差しが、『これで終わりではない』と告げてくる。手加減してもらえると思うなと——

「ひっ……」

体内の屹立が、ぐっと質量を増した。ただでさえ苦しいほどに満たされていた狭隘《きょうあい》な道が、更に一片の余裕もなく広げられる。

「も、もう無理なの……動かないで……っ」

達した余韻の残る今動かれたら、とても自分を保てないと思った。みっともなく乱れて、弄ばれるだけの玩具《おもちゃ》にされてしまう。たとえフレッドがそうセラフィーナをみなしていたとしても、最後の矜持《きょうじ》は自分で守らなければ。

——私はヴィンセント様の妻。娼婦でも、玩具でもないわ……！

「罰だと、言っただろう？」

しかし儚《はかな》い願いは呆気なく打ち砕かれた。冷えた声音に宿る艶が色香を増す。

セラフィーナが這って逃げようとした時には既に遅く、後ろ手に腕を引かれ、上半身が

反る形で持ち上げられた。すると収められたままの剛直の、擦れる角度が変わる。

「ふ、ぁ……っ？」

「こうすると、セラフィーナの好きなところに触れるだろう？」

さわりと撫でられた下腹部は、先ほど散々嬲られた場所だ。あの狂うほどの快楽を思い出し、背筋が震える。しかし胸に巣くうのが恐怖だけではないことも、セラフィーナには分かっていた。認めたくない期待が燻《くすぶ》っている。フレッドから与えられる淫悦を、待ち望む自分が確かに存在していた。

「嫌……」

「君はそればかりだ。『嫌』『駄目』……ああ、あとは『嫌い』？　どうせならもっと憎悪を滾らせて楽しませてくれよ」

背後から聞こえるのは、声だけなら甘い囁《ささや》き。まるで睦言《むつごと》のような呪詛《じゅそ》が降ってくる。受け止めれば、内部から腐り果てると知っていても、避けることが叶わない悪意の塊《かたまり》。

「ぁッ、う、あぁぁ……っ」

「僕が飽きないように、せいぜい頑張ってくれ」

冷酷な支配者は花芽を弄びながら笑った。揺れる乳房の間を、汗が伝い落ちてゆく。後ろに引かれたままの腕が痛んだが、そんなものは圧倒的な悦楽の前に何の意味もなかった。全てが悦に書き換えられ、もう何も考えられない。

愚かにも鳴き喘ぐだけになったセラフィーナは、自分が腰を振っていることにも気づけなかった。きっと明日、眼が覚めた時には自己嫌悪にのたうち回るのだろうが、今は何一つ意識的には動けない。絶大な快楽に溺れ、醜態《しゅうたい》を晒す以外は。

意識的にヴィンセントとの思い出を封印し、心と身体を切り離した。せめてあと少し、正常でいるために。フレッドのもとから逃げ出すか、彼を殺める決意が固まるまで、狂うわけにはいかない。命を絶つことが許されないのなら、選べる道は二つだけ。

「ん、は……ぁうッ……ぁあッ……ああっ」

摑まれていた腕を解放され、セラフィーナはベッドの上に崩れ落ちた。力の入らない手では身体を支えることもできず、貫かれている場所だけを無様に掲げてしまう。息も絶え絶えの状態で振り返れば、フレッドが歪《いびつ》な笑みを浮かべていた。

「そう言えば、この前面白いことを聞いた。この体勢は子供を孕《はら》みやすいらしい。嘘か真かは、分からないけれどね」

「え……っ？」

セラフィーナの白い尻を撫でながら、うっとりと彼は嘯《うそぶ》く。真実かどうかは確認のしようもないが、身体を重ねることの危険性と現実をセラフィーナに思い出させるには充分だった。

「君は昔から子供が好きだった。たとえ憎い男の子供であっても、切り捨てられず、置いて逃げることもできないだろうな。……そういう人だ」

「い、嫌ぁっ」

「ああ、またそれだ。いい加減聞き飽きた」

セラフィーナがもがいても、フレッドの大きな体軀に伸しかかられれば逃れられるはずがない。易々と抱きこまれ、更なる蹂躙《じゅうりん》を誘うだけだった。引き抜かれた剛直が、振り子のように戻ってくる。最奥をこじあける勢いで、何度も何度も貫かれた。ぐちゅぐちゅと攪拌《かくはん》され、押し出された蜜液が下肢を濡らしてゆく。

リネンに胸の飾りが擦れ快楽が増幅されれば、限界はもうすぐそこだった。

「ああ……アっ、も、抜いて……っ」

「新しい言葉だね。でも、却下だ」

「く、ぁあっ……あああッ」

視界が弾ける。大きな絶頂の波に攫《さら》われて、セラフィーナは喉を晒して甲高く鳴いた。指先までが痙攣《けいれん》し、音も光も消え失せる。唯一感じられるのは、体内に吐き出された白濁の熱さだけ。腹の奥へと流れこむ熱液に最奥を叩かれて、もう一度高みへ押し上げられる。

しっかりと抱きすくめられた身体は、最後の一滴までも飲み干すことを強要されていた。名残惜しげに数度腰を揺らしたフレッドは、嫣然《えんぜん》とセラフィーナを見下ろし、呟く。

「……まだ、終わりじゃない」

「……許し、て……」

虚しい懇願を吐きながら、セラフィーナは悪夢の宴が終わらないことを悟っていた。

2　幸福な思い出

「僕と一緒に来るかい？」

失意の中、呆然と椅子に座っていたセラフィーナの前に片膝をつき、ヴィンセントは目線を合わせてそう言った。

穏やかで労《いた》わりに満ちた声に、凍っていた心が反応を示す。何も見ていなかったセラフィーナの瞳は、緩々《ゆるゆる》と彼へ移された。

「僕を覚えている？　君の父上には随分世話になった。これから恩を返そうと思っていた矢先に残念でならない……せめて、あの方が大切にしていた娘の君を守らせてくれないか」

親戚たちがセラフィーナの処遇に困っていることは分かっていた。両親を一度に喪《うしな》い打ちのめされた少女の前で、醜い遺産争いを繰り広げていたのだから、当然だ。彼らは取り繕《つくろ》うこともなく、邪魔な娘を押しつけ合い、いかに甘い汁を啜《すす》るかに余念がなかった。今も葬儀が終わったばかりの教会で、激しい言い争いが繰り広げられている。残されたセラフィーナの心情を慮る者は、誰一人としていなかった。

「ヴィンセント……様」

「ああ、良かった。覚えてくれていたんだね。――たった独りで、よく頑張った」

乾いた頬を撫でられ労わられたが、セラフィーナは別に涙を堪えていたわけではない。麻痺した心では泣くことさえできなかったのだ。突然の悲劇に見舞われ、これまで優しかった人々は一斉に掌を返した。誰も寄り添ってくれる人がいない中、ただ立ち竦んでいたに過ぎない。

しかし、同じ高さで交わされた視線の中に、初めて自分へ向けられた感情を見つけた。それは同情と、同じだけの悲哀。

誰も悼《いた》んでくれなかった両親の死を、ヴィンセントは心の底から悲しんでくれていた。だからこそ、ようやくセラフィーナは自身の中にある絶望と悲嘆に向き合うことができたのだ。

「私……っ」

「……何も言わなくていいよ。今は、思い切り泣くといい。落ち着くまでずっと傍にいるから」

彼の大きな胸に包みこまれ、セラフィーナは咽《むせ》び泣いた。

元来、聞きわけがよく大人しい性格だったから、他人の前で涙をこぼしたことなどない。しかしこの時だけは他者の眼も気にせずに身体中の水分がなくなるほど泣き通した。ヴィンセントは言葉通り離れることなく抱き締め続けてくれた。人肌の温もりが、どれほど心地よかったことか。両親の死を告げられて以来眠っていなかったセラフィーナは、そのまま気を失うように久方ぶりの眠りに落ちていた。

だから、その後の親族たちの遣り取りがどうなったのかは、詳しく知らない。諸々の交渉を引き受けてくれたヴィンセントにより全ては解決され、身ぐるみを剝がされ放り出されそうだったところを、目覚めた時には救われていた。

難しい手続きについては分からないけれども、財産の全ては、セラフィーナが受け継ぎ、父が行っていた事業はヴィンセントが引き受けることに決まった。もともと彼に仕事を教えたのはセラフィーナの父親で、いずれは別々に経営している事業を共に運営してゆこうという計画もあったらしい。借金の類《たぐい》はヴィンセントが整理してくれ、世間知らずの少女はハイエナたちから完全に守られたのだ。

当然、旨味にありつけなかった者たちは抗議の声をあげたが、それらがセラフィーナの耳に直接届くことはなかった。あくまで後日、人づてに聞いたに過ぎない。欲の皮が突っ張った親族は皆いつの間にか姿を消したと、何もかも終わった後で知った。

「――何故、ここまで良くしてくださるのですか……？」

数年後、両親の死から立ち直った頃にセラフィーナは一度、聞いたことがある。

純粋な疑問の中に、恋情故の期待が混じっていたことを、彼は気づいただろうか。『父に世話になったから』という回答以外の言葉を待つ少女に、ヴィンセントは紳士的に対応してくれた。あくまでも、保護者として。

「君を、守りたかったからだよ」

落胆と同時に強くなった恋心は、まだ希望はあると感じられたからかもしれない。はっきり突き放されたわけではなく、彼の言葉に含みがあったと思えたからだ。『守る』という意味には、庇護以外にも男女間の関係を示すこともある。それはただの願望が見せた幻だとしても、セラフィーナにとって生きる糧になった。

家族を喪い傷ついた幼い心に、寄り添ってくれたヴィンセント。以前から抱いていた淡い想いは、愛情という大輪の花に育った。彼に相応しくなりたいと必死に背伸びをして、一日でも早く大人になりたいと願った。

妹ではなく、女性として見て欲しくて、努力を重ねた日々。そんな毎日が実を結んだのか、ヴィンセントはセラフィーナを選んでくれた。奇跡にも等しいプロポーズは、今でも一言一句漏らさず覚えている。彼は『このままずっと、僕の傍にいてくれるかい？　妻として。君を別の男になんて渡せない』と言ってくれたのだ。

あの当時、裏ではセラフィーナの嫁ぎ先が検討されていた。このまま家族でもない若い男女が一緒に暮らすのは外聞が悪いと、お節介な声が高まっていたのだ。しかし、彼らの言い分も分かる。ヴィンセントの仕事柄、不名誉な噂が立ってもまずいし、社会常識に当て嵌めても、正論であったから。間もなく二十歳になるセラフィーナは自らの恋心に蓋をして、彼のため別の誰かとの婚姻を受け入れた。

相手が、本当に愛する貴方でないのなら、誰でも同じ――それならば、よりヴィンセント様の役に立つ人と結婚したい――本心を吐露《とろ》したセラフィーナに、彼は一瞬虚を衝《つ》かれた顔をし、そして跪《ひざまず》き手を取った。

「――だったら、どこにも行かなくていい。僕と結婚しよう」

「……え？　……本当に？　お傍にいて、いいのですか……？」

「ああ。セラフィーナ以外を妻にするなど考えられない。でも、君を幸せにしてくれる誰かに託すことが、僕にできることだと思っていたから……もしもセラフィーナがここにいることを幸福だと言ってくれるのならば、離れる理由はない。……君を誰にも渡したくはない」

「ヴィンセント様……！」

あの瞬間、世界は薔薇色に輝きだした。生きる糧、居場所、意味。全てを与えてくれた彼の胸へ飛びこむことに躊躇いなどあるわけがない。本当はずっとずっと、こうなることを望んでいたのだから。

セラフィーナはプロポーズに頷き、二人の関係は婚約者となり、そして結婚した。しかし夫婦として暮らしたのは、僅かひと月。たどたどしい新婚生活は、瞬く間に終わりを告げた。

十五の頃から同じ屋敷で寝食を共にしてきたから、一緒に暮らした年月は数年。彼の癖も日課もすっかり覚えてしまった。それでも、思い出をよすがに残りの人生を生きるには、あまりにも短すぎる。

セラフィーナはなくした幸せを手繰るように、過去を思い出していた。

ヴィンセントとの結婚生活は幸せに満ち溢れ、たまの言い合いさえもが輝いていたように思う。大人の余裕で包みこみ、セラフィーナのどんな我が儘も許容してくれた人。受け止めてくれると知っていたからこそ、安心して寄りかかれた。

彼は、初めて尽くしのぎこちない新妻の失敗を笑って許し、あらゆることから守ってくれていたのだと、今なら分かる。

自分は、どこまでも甘えていたのだ。大人になったつもりでいて、庇護されるのを当然とし、深く考えることさえしなかった。もしも今、当時に戻れるのならば、己の迂闊さを張り倒してでも躾け直すのに。

全ての悲劇は、自身の愚かさが招いたことだった。セラフィーナがしっかりしていれば、防げた事態。思い返すたびに、自責の念で押し潰されそうになる。

結婚当初から、二人の周りをうろついていた男――フレッド。彼がよからぬ欲望を抱いているとは、想像もしていなかった。純粋にヴィンセントの友人の一人だと、セラフィーナは信じていたのだ。

単純で鈍感な自分は真実を見ようともせず、暢気《のんき》に笑みさえ振りまいていた。愛想よく客人に応対していれば、夫の株を上げられると信じていたのだからあまりに無知だ。相手がどんな人物で、どういった繋がりがあるかなど、考えたこともない。

そんなおめでたい世間知らずの小娘ならば、利用できると踏んだのだろう。フレッドは次第にセラフィーナに近づき始めた。最初は気のせいかと思うような接触から、危うさを感じるまでになるのに時間はかからなかった。しかし、ヴィンセントの友人にあからさまな不快感は示せない。そうして曖昧に放置している内に事態は悪化し、ある嵐の夜、引き返せないところまで押し流されてしまったのだ。

雷鳴と叩きつける雨音を覚えている。今夜は天候のせいで戻れないかもしれないと、朝出しなにヴィンセントは言っていた。どうしても今日中に片づけなければならない仕事があり、セラフィーナを一人にしてしまうことを謝って、額に優しいキスをし、大雨の中出かけていった夫。

見送った背中に、悲劇の予感はなかった。

広い屋敷の中、いくら他に使用人がいてくれても、やはり寂しい。風に煽られた木々が悲鳴をあげ暴れ狂うのも、恐ろしくて堪らなかった。

セラフィーナがヴィンセントの無事を願いつつ、ベッドに入ったのは深夜零時をかなり回っていた頃かもしれない。普段ならばとっくに深い眠りに落ちている時間、微かな物音に気がついた。

嵐の勢いに紛れながらも、異質な靴音。夫のものではない、ずぶ濡れなのか水気を含んだものが、廊下を行きつ戻りつしながらこちらに向かってくる。各部屋の扉を開いて、再び閉めることを繰り返し、奥まった場所にある寝室へと進んできていた。

「……？」

使用人が屋敷に被害がないか見回っているのだろうか。ならば、一言労《ねぎら》っておこうかとセラフィーナが上半身を起こした時——突然部屋に飛びこんできた侵入者に、口を塞がれ押し倒されていた。

「……っ!?」

背中に感じる慣れたベッドの感触と、覆い被さる男の影。雨の雫を滴《したた》らせながら息を荒らげる男が、ヴィンセントの友人たちの中にいた一人だと気がつくのに暫し時間がかかった。男の劣情《れつじょう》を露《あらわ》にした顔が、あまりにも平素の印象と違っていたからだ。

「え？　貴方が……どうしてここに……？」

ここに至ってもまだ危機感の希薄な自分は、さぞや間抜けな獲物に見えたことだろう。彼は口の端を引き上げる嫌な笑い方をした後、耳障りな掠れた声で吐き捨てた。

「馬鹿な女だな。この状況で分からないのか？　今夜はあいつが不在なんだろう？　僕が代わりに慰《なぐさ》めてやるよ」

下卑た言葉に対する嫌悪感がセラフィーナの理解を拒んだ。降りかかる酒臭い息が不快で、思わず顔を逸らすが強引に引き戻された。頬を摑む手に気遣いはなく、爪が皮膚に喰いこんでくる。痛みに小さく呻けば、フレッドはくつくつと喉奥で嗤《わら》った。

「ずっと機会を狙っていた。これでやっとあいつに一泡吹かせてやれる。大切にしている新妻が、別の男に寝取られたと知れば、いったいどんな顔をするだろうな」

血走った瞳に狂気を宿し、彼は心底楽しそうに肩を揺らした。笑いを堪えられないのか、口元を押さえて背を丸める。

セラフィーナは腹を跨いで座る男に全体重をかけられて、息苦しさに喘いだ。大きな身体は重くて辛い。やめてくれと叫びたいのに、恐怖で引き攣った喉はひゅうひゅうと鳴るだけだった。

「お前も誘っていたんだろう？　媚びた態度でいつも思わせぶりな眼をしていたものな」

違う、という悲鳴は雷鳴に掻き消された。稲妻により浮かびあがった男の顔に、はっきりとした情欲を見てとって、吐き気が込みあげる。夫とは違う乱暴さ、労わりのない手つき。全てが嫌で堪らない。自分に触れていいのはたった一人だ。ヴィンセント以外になどあり得ない。それなのに、何故特別親しくもない男に組み敷かれているのか。

「やめ……ッ」

どうして。頭の中は疑問符で埋め尽くされ、セラフィーナは身を捩って抵抗した。だが、女の力などたかが知れている。真上から男に伸しかかられては、逃げることなど叶わない。薄ら笑いを貼りつけたフレッドが、セラフィーナの胸元を乱暴に引き裂いた。ヴィンセントが特別に作らせた夜着が無残にも破られ、悲しい。まろび出た乳房には昨晩愛された証拠が色濃く残されている。それを睥睨《へいげい》した男は、赤い鬱血痕《うっけつこん》に爪を立てた。

「想像以上にご執心のようだ」

「い、や……」

雨に濡れた手で直接触られて、全身に怖気《おぞけ》が走った。夫以外の誰にも見せたことのない肌を、望まぬ相手に蹂躙されている。その事実に、セラフィーナの両眼からはとめどなく涙が溢れ止まらなくなった。

「た、助けて……っ！　ヴィンセント様……！」

「あいつなら、この台風で足止めされている。明日にならなければ、戻らない。それまで存分に楽しもうじゃないか」

「ふざけないでください……っ、嫌ッ、ヴィンセント様！」

愛しい夫の名を呼ぶうちに強張っていたセラフィーナの喉は動き始め、震えるばかりだった手足にも力が戻り始める。

こんな男に奪われるなんて絶対に嫌だった。

「放して！」

必死で振り回した手がフレッドの眼を偶然掠めた。痛みに呻いた彼が膝立ちになった瞬間、セラフィーナは死にもの狂いでベッドから這い出し、扉を目指して暗い部屋を走る。

しかし、長い夜着の裾《すそ》が邪魔をし、廊下へ出たところで男に追いつかれてしまった。

背中に腕を捩《ね》じ上げられ、うつぶせに押し倒される。頬に感じる床の冷たさが、殊更《ことさら》心を縮みあがらせた。

「無駄な抵抗はやめてくれないか。使用人が起きて来たら面倒だろう。まぁ、この嵐じゃ、階上の物音なんてほとんど聞こえやしない……ああ、それとも見られると興奮するたちなのかな？」

品のない物言いに、萎縮しかけていた心が奮い立つ。セラフィーナが這って逃げようとすると、背中に伸しかかられ膝で動きを封じられた。

「……っ、ぐ」

「逃げるな。いい加減面倒になってきた。これ以上騒ぐなら、大怪我《けが》を負ってもらうよ」

這いつくばったセラフィーナの眼前に、光るものがダンッと突き立てられた。床に刺さったそれは、鈍く銀色に光る。雷光を反射して輝いたのは、抜き身のナイフだった。

「……ひっ」

「傷を負いたくはないだろう？　僕も、血まみれの女を抱くのはごめんだ」

いざとなれば、何の躊躇いもなくその凶器を振るうに違いないと思わせる声音で、フレッドは囁いた。力ずくで押さえこまれた腕が痛い。恐怖ですっかり凍りついたセラフィーナの身体を、武骨な男の手が這い回る。ネグリジェの裾をたくし上げられ、白い脚が露にされてしまった。

「……へぇ、こんなところにまで痕が残っている。ヴィンセントのやつ、淡泊そうに見えて随分ご執心だ」

無遠慮に尻を摑まれ、全身が硬直した。夫に触れられると、それだけで夢見心地になれるのに、今は虫が這っているのと変わらない。吐き気を催す気色の悪さは理性で抑えこめず、命の危険を仄めかされても、我慢できるものではなかった。

「嫌……！」

無我夢中で暴れる内に、仰向けに転がされた。フレッドの手が、セラフィーナを殴るために振り上げられたその時――

「何をしている！」

今一番聞きたくて、かつこんな場面を決して見られたくない人の声が聞こえた。

廊下の柵《さく》の隙間から、階下が見える。緩くカーブを描いた階段の途中に立つのは愛しいたった一人の夫だった。

「ヴィンセント……様」

涙声は、ほとんど声にならなかった。薄汚い男に組み敷かれたままの自分が惨めで、はだけられた胸元を慌てて掻き寄せる。万が一関係を誤解されたらと思うと、目の前が真っ暗になった。誰に何を中傷されても耐えられるが、彼に不貞を疑われるだけで死にたくなってしまう。もしも夫に『汚い』と蔑まれるくらいなら、このまま殺された方がずっとましだ。

「……ヴィンセント……今夜は帰らないはずではなかったのか」

「――セラフィーナは雷が苦手でね。一人にするには忍びない。そんなことより、彼女の上からどけ」

平静を装うフレッドに対し、ヴィンセントの声は押し殺していても怒りが滲み出ていた。射殺さんばかりの眼差しでひたと男を睨み据え、一歩ずつ階段を上ってくる。一見冷静に見えたが、拳は真っ白になるほど強く握り締められていた。

嵐の中、彼はセラフィーナの心配をし危険を押して帰ってきてくれたのだ。その優しさと愛情にセラフィーナの双眸から新たな涙が溢れ出す。きっと相当に無理をしたはずだ。びしょ濡れの服も乱れた髪も、全てはセラフィーナのため。優しい彼は、雨風だけでなく雷鳴が激しくなったことで、一人残された妻を案じてくれたのだろう。まさかこんな目に遭《あ》っているとは、想像もしていなかったに違いない。

「やれやれ……なかなか計画通りにはいかないものだな……」

セラフィーナの上から立ちあがったフレッドが、床に刺さったナイフを抜いた。そしてそのまま、勢いよく一直線にヴィンセントへ突っ込んでゆく。

「ヴィンセント様……！」

全ては、ほんの一瞬だった。縺れ合った二人が体勢を崩す。背後には階段。翻る刃。奇妙にゆっくり流れる残像が眼に焼きつく。

「放せ！」

「煩《うるさ》いっ、このまま生かしておけるか……っ！」

「きゃあああ……ッ」

傾いた背中越しに、見開いた金の瞳と眼が合った。受け身も取れないまま、頭から落下する二人の男の影。聞くに堪えない音と悲鳴。

そして――暗転。

正直なところ、セラフィーナにはこれ以上はっきりと思い出せない。あまりにも受けた衝撃が大きすぎて、記憶に蓋がされているようだった。しかし真実は、残酷にもたった一つ。

二人の男が階段を転げ落ち、そして一人が死んだ。命を落としたのはヴィンセント。殺したのはフレッド。容赦のない現実に押し潰され、セラフィーナは呆然としている内にここへ連れ去られた。以来ずっと監禁されている。これが自分の知る紛れもない事実だった。

夫を喪った時の悪夢からセラフィーナが眼を覚ますと、ベッドの上には自分以外誰もいなかった。身体は清められ、夜着を着せられている。隣から温もりが失われて久しいのか、フレッドの残り香だけが微かに鼻腔を擽った。

昨夜は散々貪《むさぼ》られ、後半は記憶にない。気絶するように眠りに落ちた時、天窓の向こうは白み始めていたように思う。

「……っつ、……」

起き上がると、節々が痛んだ。いつも以上に嬲られたせいなのか、倦怠《けんたい》感も昨日の比ではなかった。それだけ、あの一言は彼を怒らせたらしい。

「……だったら、怒りに任せて殺してくれたらいいのに……」

聞かれていないのを承知で、吐き捨てた。フレッドが同じ朝をこの部屋で迎えることはない。いつも、セラフィーナが目覚める前に帰ってゆく。抱き潰されたこちらが起き上がれるのは、正午近く。しかし今日は普段よりも更に遅くなってしまったかもしれない。

天窓から差し込む光の角度を見上げ、セラフィーナはベッドから下りた。

床に踵をついた瞬間、両脚の付け根の奥からどろりと何かが溢れ出す。その不快な感覚に眉を顰め、セラフィーナは唇を嚙み締めた。

いくら表面を拭ったところで、体内まで拭き取ることなどできやしない。昨晩散々吐き出された白濁は、未だに腹の中に留まっているのだ。意識した途端耐えきれなくなって、セラフィーナは浴室へと小走りで向かった。

寝室の奥には、専用の浴室とトイレが併設されている。セラフィーナの生家よりずっと豪華で、夫と暮らした屋敷にも引けを取らない設備と調度品が、ここには集められていた。眠っていたベッドも、装飾を施されたしっかりとした作りで、非常に高価であることが窺える。天井からさがるシャンデリアは煌めく硝子が惜しげもなく使われ、テーブルなどの家具は一流の職人の手によるものだ。

つまり、この部屋は贅《ぜい》を尽くした牢獄《ろうごく》だった。

セラフィーナを閉じ込めるためだけの檻。いくら美しく整えられていても、本質を知れば心が動かされるはずもない。

セラフィーナは見事な内装には見向きもせず、目的の扉を押し開いた。途端に、温かい蒸気が中から溢れ出る。猫脚で支えられた浴槽には、既になみなみと湯が張られていた。

冷めてしまっただろうかと指先で確かめれば、丁度いい温度にホッとする。同時に、目覚めてすぐ湯を浴びたいと行動することも、更には起き上がる時間も予測されていたのかと複雑な気分になった。おそらくはセラフィーナが目覚めるまでの時間を計算し、熱湯を注いでおいたと思われる。傍らに置かれたのは、昔から好んで使っていたラベンダーの香油。大好きな香りは、心も身体も癒やしてくれる。これもまた、今まさにセラフィーナが欲しているものだった。

準備をしたのは、当然彼だろう。フレッドはこちらの心が読めるかのようにいつも先回りをする。セラフィーナはどう足掻いても、彼の掌の上で躍らされているのも同然だった。嫌な気分だが、このままでいるのも気持ちが悪い。セラフィーナは身体を洗うために身につけていたものを脱ぎ捨て、浴槽に浸かった。

温かい湯に全身を包まれていると、強張っていたものが静かに解けてゆく。疲れ切った肉体が弛緩して、僅かながら心も柔らかくなった。しかし、香油に手を出すつもりはない。とても好ましい香りだし心惹かれるが、フレッドから必要以上に物を受け取りたくなかった。

施しを受けるのはごめんだ。生きるための最低限は仕方ないが、それ以上はいらない。贅沢品など以ての外。セラフィーナは香油の瓶《びん》には指一本触れることなく無視した。おそらく数日後には、別の香りが用意されているだろう。五日前は薔薇だったし、その前はミントだっただろうか。いずれにしても開封さえしなかった。

セラフィーナは自身の肢体を見下ろし、深々と溜め息を吐く。腕や胸元、腹から脚にかけて、異常なまでに鬱血痕が散っていた。おそらく、背中や見えない位置にも沢山《たくさん》刻まれているのだろう。考えるだけで憂鬱になる。その上今回は、腰の横辺りに珍しく指の痕が残されていた。

セラフィーナが『殺して』と口にした後、激昂したフレッドに強く掴まれた場所だ。背後から荒々しく打ちつけられ、昨夜は分からなかったが、相当力がこめられていたらしい。

「……どうして、あんなに怒ったの」

こんなことは初めてだった。通常あまり感情を露にしない彼は、セラフィーナの恨み言も右から左に聞き流している。あまりにも響かないから苛立つほどだったのに、それが昨夜は違った。

怒鳴り散らしたり暴力を振るったりしたわけではないが、はっきりと怒気を漲らせていた。二度とあんな馬鹿なことは言うまいと心に誓う程度には、恐ろしかったと言える。

「……あ」

恐る恐る腰の痣に触れてみれば、何かが塗られていたのか、ぬるりとした感触があり指が滑った。たぶん、薬だ。内出血に効果があるかは疑問だが、フレッドが処置を施していったらしい。執拗なまでに肌へ赤い花を散らせたくせに、こちらは気にするなんて何だか奇妙だ。痛めつけておきながら、傷痕は気にかける。どうでもいいと切り捨てる一方で、過分な心配りを見せたりする。いったい何が真意なのか、考えるほどにセラフィーナは迷宮へと迷いこんでしまうようだった。

――死ぬな、と言われた気がした。

彼が人を殺めることに抵抗がないのは明白だろう。ヴィンセントを手にかけた身で、罪を犯すことを今更恐れるわけがない。だとしたら、何故――

問えば教えてくれたのかもしれない。いや、新たな嫌がらせの道具として利用されるか。答えなど出せない疑問がぐるぐると回った。

――あの人は、いったい私をどうしたいの……？

辱め、弄ぶだけの玩具を囲うには、この部屋は手間も金もかかりすぎている。まして危ない橋を渡ってまで手に入れる価値など、セラフィーナには見当たらない。だとすれば、目的はヴィンセントに害を加えることだったのか。しかしそれも、夫が命を絶たれた今、全ては終わったと言えるのではないか。

「……分からない……誰か助けて……」

浴槽の中、膝を抱えて丸まった。自分が何とかしなければならない問題だとは知っている。けれども、あまりにもセラフィーナの手に余るのだ。逃げ場はどこにも見当たらず、正しい回答も暗闇の中。これでは、どちらに進めばいいのかもまったく分からない。そもそも、答えがあるのかどうかさえ判然としないのに。

セラフィーナは涙に濡れた頬を乱暴に洗った。しっかりしなさいと己を叱咤して、身体を洗い、浴室を出る。いつの間にか着替えが用意されていたことから予想はしていたが、部屋のテーブルには食事が並べられていた。

セラフィーナが出てきたのを確認してからスープを注いだ女が、深々と頭をさげる。彼女は、フレッドが不在の場合世話をしにやってくる使用人だった。

年の頃は四十代半ば。厳しい顔立ちに白いものが交ざる髪をひっ詰めている。いつも黒い服を纏っているのは寡婦《かふ》の証なのか、左手の薬指には指輪の跡だけが残されていた。フレッドに忠実な彼女は、セラフィーナを椅子に座らせると早々に立ち去ろうとする。

「待って。……あの人は、いつ頃ここから帰ったの」

声をかけたのは、まったく気まぐれだった。普段であれば返事など期待できないから、話しかけたりしない。お互いに眼を伏せ、まるでいないものとして近づくことさえ稀だった。だから今も、特に返答を待っていたわけではない。

「……つい先刻、お戻りになりました。入れ替わりに、私が参りました」

「そ、そうなの」

想定外に会話が成立し、動揺したのはセラフィーナの方だった。まさか反応があるとは思わなかった。これまでずっと『ここはどこだ』『どうしてこんなことをするのか』『助けてくれ』という言葉には、沈黙と無視しか返してくれなかったのに。

――もしかして、フレッドのことを聞いたから、教えてくれた……？

　そう捉えるのは、考えすぎか。

　彼女の真意を探ろうと見つめたが、何の感情も窺えず、仮面じみた無表情に跳ね除けられてしまった。

　しかし、分かったことも少しだけある。

　彼女は『お戻りになりました』と言った。つまりは、彼にとって帰る場所に一緒に暮らしているということだ。きっとそこの使用人でもあるのだろう。しかも『つい先刻』で入れ替わりに彼女がやってきたのなら、ここから近いところに居を構えているのかもしれない。ひょっとしたら、交通の便が良い街である可能性もある。

　おそらくフレッドはこの建物に住んでいない。いつだったか、彼は雨に濡れていたことがあり、外からやってきた証だと思った。

　摑んだ情報に歓喜する心を押し隠し、セラフィーナはまだ湯気を立てる具沢山のスープを飲みこんだ。

　料理自体はたぶん、別の部屋で作っているのではないかと予測していた。お風呂の湯を沸かすのも同じ場所だと思う。セラフィーナが出ることを許されていない扉の向こうに、もっといくつかの部屋がある。人の気配はしないから、普段は誰もいないはずだ。

　だとすれば、この部屋はぽつりと離れた位置に建つ屋敷の一室か、塔の最上階などかもしれない。

いつか役に立つ情報を頭の中で整理して、セラフィーナは思案した。これ以上彼女から色々聞き出そうとすれば、警戒されてしまうだろうか。でも、せっかく初めて質問に答えてくれたのだ。しかも彼女が訪れるのはそう頻繁ではなく、だいたいセラフィーナが眠っている時や湯を浴びている間に用事を片づけて帰ってしまう。極力顔を合わせないようにしているらしく、次はいつ機会が来るのか分からないのだ。

「ね、ねぇ。たまにはお喋りに付き合ってくれないかしら。一人での食事は味気ないわ。貴女はもう食べたの？　まだならこんなに沢山あるのだもの、一緒に食べましょう」

向かいの椅子を指し示せば、彼女は首を横に振った。お喋りをするつもりはないという意味か、もう食べたという意思表示なのか、それとも共に食卓に着く気はないという拒絶なのかは分からない。

無言のまま腰を折り、扉へと向かう彼女をセラフィーナは慌てて呼び留めた。

「ま、待って！　あの人は……フレッドは何をしているの？」

飛び出した疑問は、本当に知りたかったものではない。だが、咄嗟に彼女を引き留める丁度いい文句が浮かばなかったのだ。結果、何とも曖昧な問いかけになってしまった。

しかし、彼女を振り返らせる役には立ったらしい。

「……気になりますか。あの方のことが」

「え……それは、勿論」

質問に質問で返されて、言い淀む。彼女のこちらを探る鋭い眼差しが居心地悪くて、セラフィーナは瞳を揺らした。

「気にならないと言えば、嘘になるけれど……」

積極的に知りたいかと問われれば、答えは否だ。セラフィーナにとって欲しいのは、フレッドの人となりや日常などではない。具体的に言えば弱みや目的、正体などだ。だが彼女がそれを教えてくれるとはとても思えなかった。

「――お仕事をなさっています。お忙しい方ですから」

「そう……」

どんな職種かとは聞きにくい。これで終わりだと言わんばかりの彼女の態度からも、口を開かなそうな気配が察せられた。

途切れた会話の接ぎ穂《つほ》が見つけられず、無意味に指を組み替える。セラフィーナのさまよう視線は、部屋に飾られた新しい花に止まった。

「あれは……」

「あの方が、ご用意されました」

花瓶から溢れんばかりに咲き誇っていたのは、紫陽花《あじさい》。一見花弁に見える部分は萼《がく》なのだが、多様な色と形があり眼を楽しませてくれる。

「でもあれは……」

この国では濃いピンク色のものが多い中で、純白の紫陽花は珍しい。土壌によって色を変える花だが、花の色のもとになる色素を持たない品種は、白いままだ。セラフィーナは、その特性をよく知っていた。品のいい丸みを帯びた形にも、見覚えがあった。

「……昔暮らした屋敷に、咲いていたものじゃないの……」

まだ両親が健在だった頃、母の趣味で多種多様な花が庭に植えられていた。中でも白い紫陽花は、一番強く記憶に残っている。

夏に咲く、七色に変化する不思議な花。周りの仲間たちが色味を変えてゆく中で、一つだけ白を保ち続ける紫陽花は、誇り高い貴婦人にも見えた。母の影響を受け花が好きだったセラフィーナは、うっとりと眺めたものだ。

幼い当時の記憶がよみがえる。庭園の垣根越しに、胸を高鳴らせながらヴィンセントを見ていたことさえも。

「……どうされましたか？」

「……えっ、ああ、いいえ……何でもないわ」

同じものであるはずはない。いくら珍しい品種でも皆無ではないのだから、探せば他にいくらでもあるのだろう。そもそも、フレッドがわざわざあれを取り寄せる理由がなかった。セラフィーナを喜ばせようなどとするわけもないのだから。

――あの屋敷はどうなってしまったのかしら……

ヴィンセントはセラフィーナのために生家を保存してくれていた。けれども、フレッドが引き継いでくれているとは到底思えない。管理人は常駐していたはずだが、その後は不明だし、期待する方が虚しい。もしかしたら手放され荒れ果てているのかもしれない……そう考えるとセラフィーナの胸は痛んだ。

たぶん、ただの偶然だ。さもなければ新手の嫌がらせなのかもしれない。懐かしいものを眼前にちらつかせ、心を乱そうとしているのかもしれない。ヴィンセントとの思い出を絵画にし、飾らせているのと同じだ。

そう結論づけ、セラフィーナは紫陽花から眼を背けた。

「……ご覧にならないのですか」

「見たくないわ。片づけてちょうだい」

「……そうですか」

気に入らないと嘯いたセラフィーナの言葉に従順に頷いた女性は、すぐに花瓶を持ち上げた。表情を崩さぬまま今度こそ部屋を出ていこうとする。

「ま、待って……！　あの、やっぱり……」

いざ、持ち去られようとする紫陽花を前にすると、急に後悔が押し寄せた。セラフィーナは反射的に彼女を呼び留め、立ちあがる。

「あ、その……この後どうするのかと思って……」

「花ですか？　処分いたします。お気に召さないものはそうするようにとあの方に命じられていますから」

「捨てるなんて駄目よ！」

他の場所に飾られ、誰か別の者の眼を楽しませるならば、それでいい。だが塵《ごみ》にされてしまうのなら、話は別だ。白い紫陽花が無残に踏み荒らされる様を想像して、セラフィーナの背がゾッと震えた。

「す、捨てるくらいならば、このまま飾っておいてちょうだい。……花に罪はないわ」

視界に入れなければいいのだし、と小声で続けながらも、きっとそうはできないと自分でも分かっている。たぶん、何度も眼を遣り、見つめてしまうだろう。思い出をなぞり、辛くなるのだと理解していても、やめられないはずだ。

苦行に似た未来は容易に想像できたが、白い紫陽花が無残な姿にされるよりはずっといい。束の間、慰めにもなってくれるかもしれない。当初は見るだけで辛かった絵画も、今では眺めることが日課になっているのだから。

「……かしこまりました」

女性は元の位置に花瓶を戻すと軽く花の向きを直し、退室の挨拶をした。

結局それ以上何も聞き出すことはできず、セラフィーナは再び独りきりで取り残される。

ただ去り際、彼女はこちらを見ないまま小さく呟いた。

「……どうか、あの方をこれ以上苦しめないでください」

それはあまりに小さな囁きで、正確に聞き取れたかどうかは怪しい。セラフィーナが問い返そうとした時にはもう、彼女は外へと出ていたし、聞き間違いだったのか、空耳だったのかも分からないまま扉は閉ざされてしまった。

重苦しい施錠音が冷たく響く。

あらゆる外界から遮断され、セラフィーナの世界は静寂で満たされた。独りきりになった瞬間押し寄せるのは、安堵と孤独だ。不愛想な相手であっても、人の気配があるのとないのとではまったく違う。たとえ心を許していない相手であってもだ。

「……苦しめられているのは、私の方だわ……」

セラフィーナは女性からの的外《まとはず》れな糾弾《きゅうだん》に憤り、椅子に座ると、まだ温かいパンを引き千切った。

今日はもう、フレッドはここへ来ない気がする。昨日は日の高い内に訪れたし、忙しいと言うならば女を弄ぶために入り浸ってはいられないだろう。それを良かったと喜ぶべきか、別の感情を抱くべきなのかが分からない。

夫を奪われた憎しみは涸れることなく湧き続けるのに、こんな朝は複雑な思いを持て余す。脆すぎる己の精神を厭《いと》わしく思いながら、セラフィーナは味の感じられないパンを咀《そ》嚼《しゃく》した。

いつか必ずこの牢獄から逃げ出してみせる。そう、自分に言い聞かせながら。


期待に反して、今夜もフレッドはやってきた。しかしほとんど眠らずに一日を過ごしたせいなのか、いささか疲れた様子も見てとれる。更に時刻は深夜に差しかかっていた。

「まさか……今から？」

彼がこの部屋に足を運ぶ理由は一つしかない。いたぶられる予感に、セラフィーナは思わず両手で自分の身体を抱いていた。

「……ご要望とあらば？」

「そ、そんなわけないじゃない」

散々嬲られた身体は一日くらいでは癒やせない疲労感でいっぱいなのだ。正直、今夜はもう半ば眠りの中にいた。

今日は珍しく、昼と夜の二度姿を現した世話役の女性が食事を運んできたので、フレッドとは顔を合わせずに済むと思っていたのに、これだ。一日の終わりに残酷な裏切りにあった気分で、セラフィーナは憂鬱な溜め息を吐いた。

もっとも、来ないだろうと予測はしつつ、結局はこんな時間まで深く眠れずにはいたのだが。

フレッドは寝室に飾られた紫陽花へ一瞬視線を止めたが、特に何も言わずにこちらへ近づいてきた。そして既にベッドに入っていたセラフィーナを見下ろしてくる。

「……身体は、大丈夫か」

「え？」

彼の眼に、昨晩のような狂気はない。金の瞳はどこまでも凪いでいて、垣間見えるのはセラフィーナに対する純粋な心配だけ。

――そんなはずはないのに……

独りよがりな妄想だと一蹴《いっしゅう》し、弱い自分を叱責《しっせき》する。これもきっと、フレッドの罠なのだ。セラフィーナをより一層苦しめ、ひいてはヴィンセントを貶《おとし》めるための。

騙《だま》されるものかと眼差しに力をこめれば、彼はつまらなそうに嘆息しただけだった。

「傷痕を確かめたい。見せろ」

「や……、触らないで！」

掛布を捲《めく》り上げたフレッドは、手際よくセラフィーナの夜着の裾をたくし上げた。抵抗虚しく脚は丸出しにされ、ついには腰の上まで外気に晒されてしまう。隠す物がなくなった肌が、心許なく震えた。

「やめ……」

「じっとして。……ああ、これなら数日中には消えるな」

また、耐え忍ぶばかりの時間が始まるのかと身を強張らせていたセラフィーナは、彼が腰に残された指痕を見ているのだとようやく気がついた。朝よりも色味は薄くなっている。近日中には跡形もなく消えてなくなるだろう。

ぱさりと服を戻されて、横になるよう促され、元通り掛布を掛けられた。用件は片づいたとばかりに部屋を出ていこうとするフレッドを、セラフィーナは信じられないものを見る気持ちで仰視した。

「あの……？」

「何だ。今夜はもう遅い。寝なさい」

まさかしないのかとも言えず、口ごもった。想定外の彼の行動についてゆけず、どう反応していいのかが分からない。これも『悪意の一環』とは思えず、消化しきれない疑問と戸惑いが溜まってゆく。セラフィーナは上半身を起こし、混乱したままの視線で問うた。

「どうして……？」

聞きたいことは山ほどあるのに、口からこぼれたのはたった一言だった。けれども、その一言に全ての想いがこめられている。何故、どうして。あらゆる疑問が凝縮した言葉に、フレッドは感情の見えない眼差しを返してくる。交わし合った視線は、交差しているようでその実お互いをきちんと捉えていないようにも感じられた。どこか少しずつずれた違和感が、拭いがたく胸に巣くう。

「貴方は、本当は何がしたいの……？」

人ひとり監禁するには、相応の労力が必要になるはずだ。世間知らずのセラフィーナにも、それは分かる。ましてや、不自由ではあっても苦労のない充分な暮らしをさせるには、かなりの金銭も使われていることだろう。

いくら夫への恨みを晴らすためだと言っても、割に合わないと言わざるを得なかった。

もしもヴィンセントの妻であるセラフィーナを貶め溜飲《りゅういん》を下げたいのならば、こんな手間をかけずとも他にやりようはいくらでもある。考えたくもないが、娼館に売ってしまえば、不特定多数の男に穢されることになったはずだ。そうすれば、余計な時間も金もかからず、最底辺に堕ちてゆく様をフレッドは心行くまで楽しめたはずだった。

あえて危険を冒し、ここまでする理由が見当たらない。

彼の囲いの中、自らの手でセラフィーナを完膚なきまでに叩きのめさねば気が済まないのか。それほどの憎しみを抱くとは、ヴィンセントとの間で何があったのだろう。

夜の闇の中、白く灯る紫陽花に励《はげ》まされた心地がして、セラフィーナは問いかけていた。囚われて以来、こんなに冷静にフレッドと対峙できたのは初めてかもしれない。不思議と穏やかな気分で彼の瞳を見返した。

「……それは、君が知る必要のないことだ」

「貴方と私以外、誰が知る必要があると言うの？　無関係だと言うのなら、今すぐ私を解放してちょうだい」

毅然と言い返したセラフィーナに、彼は片眉を上げた。

「ここから出て、どこへ行くつもりだ？　待っている者は、誰もいないのに」

「……っ、家に帰るわ。使用人たちも、困っているはずよ」

結婚したての頼りない女主人だったセラフィーナは、あまり彼らと交流があったとは言えないが、主が二人とも揃《そろ》って姿を消したとなれば、途方に暮れているに違いない。解雇するにしても、紹介状がなければ次の仕事は見つけにくく難儀しているはずだ。そう告げれば、フレッドはおかしくて仕方がないと笑いだした。

「ふ、ははは……突然何を言いだすかと思えば……もうとっくに彼らは散り散りになっているさ。君のことなど忘れて、新しい職場で働いている」

「そう……なの？　では職場がなくなって困っているわけではないのね？」

今更の心配を馬鹿にされているのだとは分かったが、別の働き口へ行ったと聞いて、安心した。セラフィーナは薄情にも、これまで自分の不安で頭がいっぱいで、かつての使用人にまで気が回らなかったのだ。けれども元気にしているらしいと聞けば、心の底から安堵していた。

そんな心情が漏れ出ていたのか、フレッドは嘲笑《ちょうしょう》を引っ込めて、セラフィーナを見つめてくる。

「……お人好しだな。君は優しすぎる」

「……え……」

嘲《あざけ》りだけではない意味をこめられた気がして、セラフィーナは眼を見開いた。褒《ほ》められて、いるのだろうか。皮肉を言われたのではないと思う。

しかし彼の金の瞳は前髪に隠されて、感情を読み取らせてはくれなかった。伏せられた睫毛の下で、ほんの一瞬揺らいで見えたのは、気のせいだろうか。

確かめる間もないまま肩を押されてセラフィーナはベッドに倒されていた。

「おやすみ」

何気ない就寝前の挨拶は、自分たち二人の関係には似つかわしくない。そもそも、そんな日常の会話を交わしたのはこれが初めてだった。まるで家族のような気やすい一言に、奇妙な感覚を覚える。懐かしく、痛みを伴う記憶がちりちりと胸を焦がした。甘くて苦い毒が一滴二滴と心に落ちる。完全に侵食《しんしょく》された後、訪れる変化はセラフィーナにとって望ましいものなのか、それとも――

「また、明日来る」

何も言えなくなってしまったセラフィーナを残し、フレッドは部屋を出ていった。本当に、痣の状態を確認するためだけに来たらしい。自業自得かもしれないが、彼は昨晩ほとんど眠らず、仕事を片づけてからわざわざ欲を晴らすのでもなく足を運んできたのだ。

「……ヴィンセント様……」

縋るように夫の名を呼んだのは、惑う心に歯止めをかけたかったから。セラフィーナはおかしな感傷に浸りそうになる弱さを振り払い、自分自身を戒めた。

彼は大切な人を殺した人だ。どれほど恨んでも足りない、この世で一番憎い男。忘れるわけがない。忘れられるわけがない。生きている限り、負の感情は燻り続ける。

ああ、けれども――

夜の闇は、人の心を脆くする。内側に抑えた脆弱《ぜいじゃく》さを抉り出し、殊更大きく不安を掻き立てる。暗がりを恐れる本能と同じで、ありもしない幻影を探してしまう。特にこんな、独りきりの宵には。

天窓から淡い月光が透けて見えた。細い三日月なのか光量は乏《とぼ》しく、セラフィーナの内側までは照らしてくれない。あまりにも弱々しく、儚かった。まるで自分自身のように。

無意識に、リネンの上を泳いだ腕が温もりを探していた。眠る時には大抵隣にあった人肌を求め、冷えた布の感触に落胆する。そうしてセラフィーナは自分自身にも失望するのだ。

整理できない内面を持て余し、夜の長さを嘆いた。思えば、意識を保ったまま独り寝をするのは、いつ以来だろう。結婚してからは常に夫が一緒だった。あの嵐の夜も、だから彼は懸命に帰ってきてくれたのだ。そしてフレッドに攫われてからは言わずもがな。毎晩のように抱き潰されて、思い悩む時間などなかった。

昼と夜では、まったく違う。同じ気がかりさえ鋭く爪をたててくる。油断していれば、頭から喰らわれてしまいそうだ。

セラフィーナはベッドの中で膝を抱えて丸まった。一刻も早く、夢の世界に逃げこんでしまいたい。そこでなら、夫に再び会うことができる。たとえ悪夢の再現をされるとしても、優しい彼にもう一度巡り会いたかった。

叶うなら、幸せだった頃の夢を見られるように祈り、セラフィーナは目蓋を下ろした。

3　惑う心

天窓から落ちる光を浴び、セラフィーナは休憩のために眼を閉じた。

閉じ込められた部屋の中、日がな一日することもないので、どうしてもぼんやりとしていることが多くなる。しかし今日は手慰《てなぐさ》みの刺繍《ししゅう》に励んでいた。

つい先日まで、尖《とが》ったものや鋭い刃のあるものは、この部屋に置かれていなかった。食事の時でさえスプーンが添えられているのが主で、ナイフやフォークが必要な場合はフレッドか世話役の女性が付きっきりで監視していた。セラフィーナが自傷行為に及ぶのを危惧していたからだろう。

それが、昨日になって突然刺繍針が差し入れられたのだ。

色鮮やかな糸も一緒に持ちこまれ、セラフィーナは内心歓喜していた。昔から手先は器用で、手芸は大好きだ。人づきあいが上手くない分、ゆったりと自分だけの時間を過ごすのは嫌いじゃない。あまりにも夢中になって時の経過を忘れ、ヴィンセントに苦笑されることもしばしばだった。

――そう言えば、作りかけだった誕生日プレゼントはいったいどうなってしまったのかしら……

一刺し一刺し愛をこめ、数か月を費やして夫の上着に刺繍を施していた。あとは左の袖口を残すのみになっていたが、あの惨劇以来行方も分からない。すっかり忘れていたが、ふと思い出してセラフィーナは溜め息を吐いた。

受け取ってくれる人はもういない贈り物。図案や素材を吟味《ぎんみ》して、丁寧に仕上げていたけれども、行方が分からない以上あの続きを作成することは、もうできない。

悲しくて、寂しい。しかし、時の経過と共に少しずつ痛みは形を変えてゆく。少し前ならば、刺繍道具を渡されても、とても趣味に興《きょう》じる気にはなれなかったと思う。むしろ幸せだった頃を突きつけられる行為としか思えなくて、自暴自棄になった可能性もある。しかし今は、指先を動かすことに喜びを感じ、過去を思い出してもどうにか冷静でいられた。

「同じ場所に立ち止まっているのも、難しいことなのね……」

変化など望んでいない。憎まなければいけないのに。

本日初めて発した声は、掠れていた。あまり喋らないと、喉は怠《なま》けてしまうらしい。心も、同じなのだろうか。硬直したまま黒々とした感情の中に浸かっていると、どこかが麻痺しだすのかもしれない。こんな、ご機嫌取りに等しい行為を受け入れてしまう程度には。

自分自身の中にある変化を目の当たりにして、セラフィーナは手にしていた針をテーブルに置いた。浮き立っていた気分は急に萎《しぼ》み、半ば完成していた図案もつまらないものに思えてくる。ハンカチの上に咲きかけていた刺繍の花は、枯れたように色をくすませた。

「こんなことをしている場合じゃないわ……楽しんでいる場合じゃないでしょう」

セラフィーナへの待遇が改善されたのは、多少なりともフレッドの信頼を得られているからだと思う。逃げない、命を絶たないとみなされているのだろう。油断と言い換えてもいい。ならば、今こそこの牢獄を脱出するチャンスではないのか。

とは言え、外へ繋がる道は、鍵のかけられた扉と各部屋に設けられた天窓のみ。どちらも、セラフィーナが突破するのは現実的ではなかった。

「私に羽が生えていたら、いいのに」

そうすれば、どこへでも飛んで逃げられる。雲の上、もっとずっと天高くにいる夫にも会いにいけるかもしれない。

愚かな夢想をしたセラフィーナはしかし、無粋な天井に阻まれて現実に引き戻された。いくら空を飛び回れても、結局ここから出られなければ同じだ。天窓の硝子は見るからに分厚そうで、叩いたくらいでは簡単に割れてくれないだろう。

妄想の中でさえ逃亡に失敗し、セラフィーナは固まった身体を解すために大きく伸びをした。もうすっかり刺繍を続ける気分はなくなってしまい、時間を持て余していつものように壁に飾られた絵画へ眼を遣る。

細部まで覚えてしまった絵を見つめ、思い出の歌劇を振り返った。主役の女性の歌声に感動したセラフィーナに、当時はまだ保護者だったヴィンセントが言ったのだ。『そんなに気に入ったのなら、君も歌ってみたら？』と。

とんでもない提案だと断れば、『セラフィーナの歌声を聞いてみたい』と熱心にせがんできた。甘えるように懇願され、最終的に折れたセラフィーナは、初めて人前で歌を披露したのだ。あの時の顔から火が出るほどの恥ずかしさは、今も鮮明に覚えている。他の人に頼まれたなら、絶対に歌ったりしなかっただろう。けれど、他でもないこの世で一番好きな相手に請われて、悪い気はしなかった。熱の籠《こも》った瞳で見つめられ、舞い上がってしまったのかもしれない。

結局、怖々と出した歌声はお世辞にも素晴らしいとは言えなかったけれども、彼は手放しで褒めてくれた。もっと歌ってくれと乗せられ、次から次へと別の曲を強請られて、無邪気に称賛してくれるヴィンセントがとても可愛らしく、セラフィーナ自身いつの間にか恥じらいは薄れていた。

二人きりの秘密の時間。拙《つたな》い歌劇は、その後も他に誰もいない時にだけひっそりと開催された。泣きたくなるほど幸せで、何の憂《うれ》いもなかった夢のようなひと時。戻れるのならば、どんな犠牲を払っても構わない。帰らない過去が胸を軋ませた。

「……久し振りに、歌ってみようかしら」

今なら、誰もいない。静まり返った扉の向こうにも人の気配はないし、時間的にもフレッドがくることはないだろう。そう判断して、セラフィーナは咳払いをした。大きく息を吸いこみ、音にして吐き出す。震えた声帯が奏でるのは、思い出の歌。物語の主人公と同じ切ない恋心を、忘れられないメロディに乗せた。

それは引き裂かれた恋人同士が相手を想って、涙ながらに謳《うた》いあげるシーンだった。悲恋の結末を予感させる物悲しい曲調の中、力強く響くソプラノ。か弱かった主人公が逞しく前を見据える演技に、とても感動した。隣に座るヴィンセントを意識し、もしも自分が同じ立場だったら……と想像して、余計に涙が止まらなかったのだ。

二度と会えない愛しい人を、変わらず愛し続けられるだろうか。いつかは再び巡り会えると信じ、生きてゆけるだろうか。不安と希望が入り混じり、無意識に彼の手を握っていた。

今なら、答えられる。

ずっとずっと、あの人を愛している。狂おしく想い続けている。心の中心部にいるのはたった一人。これから先も、変わることはないだろう。

けれども、まったく同じままではいられないのだ。

ヴィンセントを想う強さに変化はなくとも、別の何かが忍び寄る。セラフィーナを侵食するように少しずつ、外と内から切り崩してゆくものがある。憎しみは棘《とげ》を抜かれ、恨みは厳重に包装されてしまった。本質的には何も変わらない。黒い感情の本体は少しも損なわれていないし、癒えてもいない。今もまだ、冷えた塊としてセラフィーナの中央に居座っていた。

しかし少なくとも、触れた感触には違いが生まれている。近寄る全てを拒んでいた棘はなくなり、包みこむ布は滑らかな質感になっている。

夫を奪われた当初の荒れ狂う絶望と、今の怒りは似て非なるものだ。

胸中にわだかまる想いを、セラフィーナは旋律に乗せ吐き出した。

小さな声で口ずさむ歌は、当たり前だが本業の歌手には遠く及ばない。だが、ヴィンセントは好きだと言ってくれた。聞いていると元気が出ると微笑んでくれた。

曲が終わりに差しかかる。頭の中には、見事な伴奏が流れていた。楽器の演奏も得意だった彼が、よくヴァイオリンを弾いてくれたことも思い出し、何故諸々のことをすっかり忘れていたのか、セラフィーナは自分の愚かさに失笑してしまう。こんなにも沢山の思い出を封じこめてしまうほど、ずっと余裕がなかったらしい。幸福だった過去を考えるのが辛くて、無意識に記憶の底へ沈めていたのか。

――私が、少しでも強くなれたから、思い出せたのかしら……

この変化が良いことなのか悪いことなのか、判別できないままセラフィーナは最後の一節を謳いあげた。長く伸びる最終音。途切れた瞬間に落ちたのは、静寂。他に誰もいないのだから、反応などあるはずもない。知らぬ間にヴィンセントの賛辞を期待していたのだと、気づいたその時――――拍手が響いた。

「素晴らしい。アンコールしたいくらいだ」

「フレッド……っ」

彼が来ていたことに、まったく気がつかなかった。歌に夢中になり、更には過去の思い出に耽《ふけ》っていたからだ。セラフィーナは慌てて口を噤《つぐ》んだが、もう遅い。

「い、いつからそこに……」

「丁度半分を過ぎた辺りからかな。良い時に顔を出したものだ」

「……！」

一気に赤くなった頬が熱い。羞恥に耐えきれず、セラフィーナは両手で顔を覆った。

「どうして、こんな時間に……」

よりにもよってフレッドに聞かれるとは。世話役の女性ならば多少はましだったものを、と、のたうち回りたい思いでセラフィーナは下を向いていた。

まだ日は高く、到底彼が部屋を訪れる時間ではない。それに、フレッドの後ろに撫でつけられた髪型や、きっちりとした服装は見慣れないものだ。まさに先ほどまで職場にいたと言わんばかりの様子は、普段と違っていつも以上に他人に見え、殊更恥ずかしい。

絶対に、彼には見られたくなかった。どうせ馬鹿にされるに決まっている。こんな状況下で暢気に歌っているなんて、お気楽だと思われても仕方ないではないか。

「たまたま仕事が早く片づいたから、君の様子を見にそのまま来た」

しかし彼は、嘲笑する気はないのか普通に答えた。傍らの椅子に腰かけ、寛《くつろ》いだ様子を見せる。

「疲れを吹き飛ばす、素晴らしい癒やしになった。……もっと歌ってくれないかな」

「……嫌よ……っ」

「そうか。それは残念だ」

本当に思っているのか、社交辞令なのか、判別しにくい顔でフレッドはあっさり引き下がった。無理強いする気はないらしく、後ろに撫でつけられていた髪を無造作に崩す。すると、見慣れた姿が現れた。

長めの前髪が金の瞳を程よく隠せば、眼力の強い彼の眼差しは少しだけ和らぐ。他を寄せつけない硬質な雰囲気も、僅かながら薄まった気がした。

「……お仕事から、そのまま来たの？」

「ああ。刺繍針を正しく使っているか確認しなければならないから」

つまりは、危険な真似をしていないかどうかの監視ということか。しかし、『会いたかった』と告げられた気がして戸惑う。勘違いでしかないのに、多忙な中の空いた時間を、セラフィーナのために使ったと言われているように思えてしまった。

「……余計なお世話だわ」

馬鹿馬鹿しい妄想からセラフィーナが顔を背けて言い放てば、フレッドはテーブルに放置された針と糸をちらりと見た。

「……確かにその通りだ。飽きたのか？」

「……貴方には、関係ない。そんなに気になるのなら、全部片づけて持って帰ってちょうだい」

これから先も不意打ちで様子見されるくらいならば、針など取り上げられても構わなかった。どうせもう、本当に作りたかったものは二度と戻らないのだ。渡して、喜んでくれる人もいない。ならば、セラフィーナが『楽しみ』のためだけに何かをするのは罪悪であると感じられた。

愛しいヴィンセントは、もう二度と『楽しい』などと感じることはないのだ。ならば、自分にも必要ない。

浮かれた自分を叱責し、これからはもっと身を慎《つつし》もうと決意する。これから先、ほんの一瞬でも気を緩めてはいけない。そんな自由も権利も、セラフィーナにはないのだから。

彼は中途半端な作品を広げ、まじまじとハンカチを見つめた。

「もう、刺繍はやらないのか？」

「しないわ……二度としない」

以前のようには楽しめない。そもそも趣味を求める方がどうかしている。退屈などと不満を漏らすこともおかしい。ただ、『いつか』のために死んだように生き続けるだけ。そうして全てが終わったらその時には――

「――だったら、これは僕が貰おう」

「……え？」

手早く糸の処理をし、針を引き抜くと、フレッドは丁寧にハンカチを折り畳んで懐《ふところ》に入れた。久し振りに作ったものだから、出来がいいとは言えないしそもそも未完成品だ。使い道などないだろう。

「処分なら、自分でするわ」

「捨てるつもりはない」

「それなら、どうして……」

意図が分からず、セラフィーナは瞬いた。あんな中途半端な物に価値があるはずもない。それは、嫌がらせに関しても同じことだ。たかだか作りかけのハンカチ一枚では、セラフィーナを苦しめる要因にさえならない。絵画や紫陽花と違い、過去を思い起こさせる道具として弱い気がした。

「……何に使うつもりなの？」

「別に。新しいハンカチを購入しようと思っていたから丁度いい」

「それは女物よ……？」

見て分からないはずはないが、セラフィーナは訝《いぶか》しく彼を見た。どこの世界に、花の刺繍が施され、レースに縁取られたハンカチを持ち歩く紳士がいる。フレッドが嗤い者になるのは勝手だが、原因が自分にあるのは落ち着かない。

「あ、あげるなんて言っていないわ」

「だが、いらないのだろう？　それにもともとこれは僕が君に与えたものだ。回収して何が悪い？」

「それは、そうだけれど……」

言い負かされ納得しかかったが、よくよく考えてみればやはりおかしい。セラフィーナは眉を顰めて右手を突き出した。

「気が変わったわ。きちんと仕上げて、自分で使うわ。だから、貴方にはあげられない」

己の与り知らぬところで、自身の創作物を所有されているというのは、どうにも居心地が悪い。まして良くできた品でなければ尚更だ。それくらいならば刺繍をやめずに続けた方がずっとマシな気がする。

「返して」

「――刺繍は飽きたんじゃないのか？」

「……飽きては、いないわ」

逆に、一瞬でも楽しいと感じてしまったことが許せなかったのだ。娯楽など、今の自分には必要ない。だから、切り捨てようと思った。しかし、途中で放り出した失敗作がフレッドの手に渡ると言うのならば、話は別だ。

「ただの気まぐれよ……」

「なら、返そう。針の取り扱いには、充分気をつけるように。足りない材料があれば、言うといい」

最終的にセラフィーナは刺繍を続けることになっていて、何故か誘導された心地がした。元来好きなことなので、まったく嬉しくないと言えば嘘になる。しかも今度は『自分の楽しみのため』ではなく『仕方がないから』という言い訳ができたのは気のせいだろうか。用意された心理的な逃げ道に、誘いこまれたと考えるのは穿《うが》ちすぎか。

セラフィーナは差し出されたハンカチを奪い取り、手早く道具を片づけた。背中に感じる眼差しには、気づかない振りをする。

「それで、用件は終わったのでしょう？　帰って休んだら？」

明らかに疲労が窺えるフレッドの顔は見ず、わざとそっけなく言い放った。たぶん、自分は怖いのだ。心を引き締めていないと、眼を背けていたい何かと向き合ってしまいそうで。

「まるで僕の体調を気遣っているような言い方だな。お優しい君は簡単に憎しみの焔《ほのお》を鈍らせる。愚かで単純すぎて苛々するよ。本当の用は、これからだ」

伸ばされた彼の手に捕まえられ、セラフィーナはフレッドの腕の中へと囚われた。背後から抱きすくめられて、背中には彼の熱を感じる。硬い胸板の逞しさに、鼓動が跳ねた。

「放して……っ」

「断る。その身体で労わってくれてもいいだろう。これでも大きな取引を纏めたばかりで疲れているんだ。重い身体を引き摺って、まっすぐここへ来たのに」

「頼んでいないわ……！」

恩着せがましく言われても、セラフィーナが望んだことではない。むしろ、それなら自宅に帰って休めばいいとしか思えず、彼の作る囲いの中で暴れた。

僅かに緩んだ拘束の中で身を翻し、フレッドと向き合う形になる。高い位置にある金の瞳に見下ろされ、密着した距離に息を呑んだ。

「……っ」

多忙な中、時間を遣り繰りし疲労を押してまでセラフィーナに会いにくる真意は何なのか。玩具をいたぶるのに割く労力としては、対価が乏しいように思う。

割に合わない彼の行動に、何らかの意味を見出そうとしている自分に気がつき、セラフィーナは怯えた。どうしてそんなことを考えているのだろう。どうでもいいことではないか。

理由なんて、知らない。知りたくない。それは自身にとって不要なものだ。気にかけることさえ、無意味なこと。

ヴィンセントを想うべき時間でフレッドについて考えるなんて、夫への裏切りにも感じられ、尚更胸が苦しくなる。純度の高い憎しみだけを育てる場所に不純物が混ざる予感を覚え、足が竦んだ。

「――僕を楽しませることだけが、君の存在意義だ。仕事をしてもらおうか」

「……貴方、やっぱり最低だわ」

フレッドの吐いた台詞に、胸が冷えるのを感じた。

温度をなくした場所が、冷たく凍ってゆく。惑わされそうになっていた弱ささえ、正しい形に落ち着いていった。憎しみという漆黒の塊に。

彼にとってはどこまでもセラフィーナは苦しめ嬲る玩具なのだ。痛めつけ、溜飲を下げるためだけにある存在。あらゆる行為が、より一層地獄の苦しみを味わわせる材料でしかない。思わせぶりな態度も、全て布石《ふせき》。

一瞬でも別の可能性を期待した自分自身は、何と愚かなのか。

セラフィーナは憎悪を漲らせて、フレッドを見上げた。まんまと踊らされ、危うく忘れてしまうところだった。眼前の男を、生涯恨み続けなければならないことを――

「……そうだ。それでいい。もっともっと怒りを募らせればいいよ。君の真っ白な心が黒く塗り潰されてしまうくらい。……そしていつかは僕をこの手で殺せばいい」

セラフィーナの掌に落とされたキスは、甘く優しかった。声音も蕩《とろ》けるようで、内容に耳を傾けなければ、睦言と間違えてしまっただろう。彼は瞳を細め、うっとりと微笑む。おそらく十人の女性がいれば、誰もが振り返らずにはいられない妖艶さで、唇を綻《ほころ》ばせた。

「その瞬間が楽しみだ……」

「狂っているわ……」

フレッドの狂気に呑まれ、眩暈がする。いや、この部屋は最初から常識とは違う倫理の上に成り立っていた。ここでの正義は、支配者の胸三寸で決定する。彼が決めた規則に従うことしか、セラフィーナには許されていない。どれほど強がったところで、フレッドの掌の上でしか生きられないのだ。

思い出した現実に涙が滲んだ。勘違いするなと突きつけられた刃に、切り裂かれた心が痛い。傷つくのはまだ期待し希望を抱いていた自分がいるからだ。どこまで行っても平行線の二人の立場を目の当たりにして、セラフィーナに己の一部が死んでゆくのを感じていた。

彼の唇が肌を這う。手首を甘噛みされれば急所を攻められているようで、セラフィーナは身動きがとれなくなった。赤い舌先が見せつけるように蠢き、フレッドの口元と、思うさま喰らわれる自分の手を呆然と見守る。振り解けないのは、気まぐれに食い千切られそうな狂気を彼から感じるからだ。

「い、や……」

「君に拒否権はないよ。何度も言っているのに……本当に物忘れの激しい人だ」

「それは……貴方の方でしょう？　私は、いつも拒否しているのに……っ」

「僕らは、対等ではない」

硬質な言葉が、凶器となってセラフィーナを傷つけた。容赦なく抉られた心から、鮮血が迸るのが分かる。頭を垂れろと眼差しで命令され、苦々しく奥歯を噛み締めた。従うものかと拳を握り締め、フレッドの冷ややかな視線を受け止める。

「……地獄に堕ちるわ」

「悪くない。だが、一人で行く気もないよ」

「……きゃ……っ」

膝と腰を掬《すく》われて、横抱きにされた。セラフィーナが突然の浮遊感に驚き彼にしがみつけば、フレッドは危なげない足取りで歩きだす。

「下ろして……！」

「大胆なおねだりだ。今日はベッドでない場所の方がいい？」

「そんなこと……っ、一言も言っていないわ」

形の良い彼の唇が、弧を描く。見惚れるほど美しい笑顔はしかし、隠しきれない歪みを内包していた。美麗であるが故に他者に与える威圧感をまざまざと感じ取り、セラフィーナの呼吸が乱れる。畏怖に似た感覚が、束の間抵抗を鈍らせた。

「じゃあ、お望み通りここで犯してあげる」

「何を……」

下ろされたのは、壁に並んだキャビネットの前だった。優雅な曲線を描いたそれの上には、いくつかの置物が飾られている。磁器で作られた馬や、人形。繊細に編まれた籠《かご》などだ。フレッドは、壊れやすいそれらを全て床に払い落とした。

「きゃっ……」

当然、陶器は大きな音を立て砕け散る。籠に盛られていた果実は、無残に潰れた。甘い芳香が立ち昇る中、絨毯《じゅうたん》にじわじわと果汁の染みが広がってゆく。

「何をするの……!」

破壊されてしまった物を、セラフィーナはじっくり鑑賞したことはなかったけれども、とても希少なものだったことだけは、知っていた。果実も、この辺りでは収穫できない珍しいものだ。作った者たちは、情熱をこめ仕上げ、育てたに違いない。取れてしまった人形の首が、ころころと床を転がる。動きが止まったのは、偶然にもセラフィーナの足元だった。何も映していないはずの描かれた眼と、自分の視線が絡んだと思ったのはただの気のせい。しかし、セラフィーナは激しく非難されている気分になった。

「酷いわ……」

「どうせ不要なものだろう。見る者も味わう者もいないのならば、価値などない」

「だったら……！」

何故、この部屋に飾ったのか。これらを好む別の誰かに譲ればよかったのに。いや、絶対にそうすべきだった。わざわざ粉々に砕いてしまう必要はない。

――ああこれも、私を痛めつける一環なんだわ……

遠回しに、見向きもしなかったことを責められているのだ。一度もきちんと眺めなかったから、もう元の形は思い出せない。せっかく人の眼と口を楽しませるために生み出された品々を、無為に失わせてしまった。湧きあがる罪悪感がセラフィーナを苦しめる。

しかし、悲しくて伏せた目蓋をもう一度開いた時、セラフィーナはフレッドの思惑がそれだけではないことを悟った。

「……ぁ……」

何もなくなったキャビネットと向かい合い、上に両手をつく姿勢を強要される。あげた視線の先には沢山の絵画がかけられた壁があった。仮に眼を閉じていても鮮明に想い描ける。

並んでいるのは夫との思い出をなぞる様々な風景。そして一番端には、結婚式で幸せに微笑むセラフィーナの姿が描かれていた。

「……ひッ」

「普段とは違う趣向も、興奮するだろう？」

額縁の中、白いドレスを纏う自分の隣には、ヴィンセントが立っている。顔は塗り潰されているけれども、セラフィーナには彼がこちらを見ていることがはっきり分かった。あの穏やかな優しい瞳で、じっと見つめているはずだ。――別の男に穢されようとしている自分の姿を。

「い、嫌……っ！」

「あまり暴れると、破片を踏むよ」

鋭利な陶器の欠片が足元にあることは理解していたが、そんなことはどうでも良かった。ヴィンセントに、一番見られたくない姿を晒すことを思えば、怪我をするなど些末《さまつ》な問題でしかない。むしろこの後繰り広げられるだろう痴態《ちたい》を思えば、痛みに呻いていた方が比べものにならないほど良かった。

「放して……！　触らないで！」

ドレスの裾をたくし上げられ、外気に触れた脚が戦慄いた。夢中で暴れる内に室内履きの先で蹴ってしまった人形の頭が転がり、壁に当たって更に砕ける。作りものの変わらぬ笑顔が、再びセラフィーナに向けられた。

「聞きわけのない人だ」

「やぁ……っ」

セラフィーナは伏せた身体を引っくり返され、そのまま持ち上げられてキャビネットの上に座らせられた。小柄なせいで両脚は床から離れ宙に浮き、不安定な体勢になる。驚いている間に、膝を割られて身動きは封じられてしまった。

「この身体は君のものじゃない。僕のものだ。……勝手に怪我をすることは、許さない」

「ひ、きゃっ……」

片脚を持ち上げられたことでますますバランスを崩し、セラフィーナは傾いだ背中を壁に預けた。そこには、勿論絵が飾られている。視界には入らなくなっても、その分存在を意識せずにはいられない。ヴィンセントが後ろから自分を見ている。生前と同じ、愛情の籠った澄んだ瞳で。

「お願い……やめて……」

「君が口にするべきなのは、そんな言葉ではないよ。可愛らしく誘ってくれたら、もっと優しくしてあげられるのに」

下から侵入してきた手に脛《すね》をなぞられ、セラフィーナはビクリと跳ねた。フレッドが間にいるため閉じられない膝を撫で回され、熱く大きな手が上を目指して進んでくる。もう片方の彼の腕により、キャビネットに座ったセラフィーナの腰はぐっと前に引き寄せられた。

「やっ……」

広いとは言えない奥行きの上から、転がり落ちそうになる。反射的に縋りついたのは、フレッドのシャツだった。

「そんなに焦らなくても、たっぷり可愛がってあげる」

「ち、違う……っ」

誘惑の意図など微塵もなかった。セラフィーナは握り締めてしまった指先から力を抜き、慌てて彼から手を放す。しかしどれだけ仰け反り距離を取ろうとも、背後は壁だ。無慈悲な硬い質感に救いを求めることはできやしない。

「違わない。淫らな君は、期待しているんだよ。ほら証拠もある」

「……ぅ、あッ」

フレッドの長い指が、下着の上からセラフィーナの脚の付け根を探った。滑る感触を確かに感じる。心を裏切った身体は熱く潤《うる》み、淫猥な蜜を勝手に湛えていた。

「こんなに濡れている」

「嘘……」

「嘘かどうか、君が一番よく分かっているだろう？　ああそれとも……こんなふうに強引にされたいから、いつも嫌がる振りをして焦らすのかな」

　とんでもない言いがかりだと怒りたい。しかし現実はあまりに非情だ。彼の言う通り、セラフィーナの肉体はとっくに白旗を上げていた。今だって、疼《うず》く熱が下腹部に溜まり、覚えてしまった快楽を求めて、甘い毒が全身を支配せんとしていた。侵食されれば行き着く先はただ一つ。破滅だけが待つ未来だ。

　大胆に捲られたスカートで一瞬視界を奪われ、セラフィーナは身を強張らせた。その隙に下着は奪い去られ、下半身を守ってくれるものは失われる。

　フレッドが床に膝をつき、不格好に開かされたこちらの脚の中央に顔を近づけ舌を伸ばすのを呆けて待つ自分は愚か者なのかもしれない。

　だが、無様に喚き散らしたくはなかったのだ。

　どうせ死にもの狂いで抵抗しても、彼が止めてくれるなどあり得ない。フレッドはどうやっても思い通りにことを運ぶのだと、これまでの日々で嫌というほど教えこまれていた。今回も例外ではなく、この場でセラフィーナの身を蹂躙するのだろう。だとすれば、せめて情けない反応だけはしたくなかった。

　背後に飾られた夫に、泣き喚き乱れ狂う姿だけは、見られたくない。

　悲壮な決意を固めて唇を噛み締めていると、フレッドは察したように蠱惑《こわく》的に嗤った。

「声を出さないつもりか？　……面白い」

「ふ、ぐ……っ？」

摘まれた花芯から快楽が弾ける。その刺激を逃しきれない内に、彼の高い鼻梁で肉芽を押し潰された。

「んん……っ、ぅ」

狭い肉洞に入りこんだ舌が、浅い部分を往復した。不安定な体勢だから深く探られることはない。しかし、もどかしさが逆に淫悦に拍車をかけた。くちゅくちゅといやらしい水音がセラフィーナからは見えない位置で奏でられる。抱えられ揺れる両脚は、泣きたくなるほど卑猥だ。白い太腿を寝室でもない明るい場所で晒すなんて、娼婦に等しいではないか。

「く、ふぅ……、んッ……」

セラフィーナは片手で自らの口を押さえると、こぼれてしまいそうな声を飲みこんだ。息を止め、別のことを考えて気を逸らす。一番効果的なのは、背中に感じる額縁に納められた思い出の数々だった。

空いた片手で壁を探り、記憶の中のヴィンセントを求める。こんな辱めには屈しないと誓い、彼の姿を想い描いて現実からの逃避を図った。

人形でいよう。今この時ばかりは心をなくしてしまえばいい。ただの玩具に成り下がって、幸せだった過去だけを思い出していればいい。

「無駄なことを……」

「ぁっ、や……」

口を塞いでいた手は、力ずくで剝がされた。そのまま立ちあがったフレッドに嚙みつくようなキスをされ、悲鳴も喰らわれる。荒々しく絡められた舌が縦横無尽にセラフィーナの口内を味わっていった。

「ん、んん……っ」

頭を振って唇を解こうにも、後頭部をがっちり抱えられているせいで叶わない。下肢に押しつけられた昂ぶりに、服越しでも彼の身体が熱くなっていることを強制的に教えられた。

「……はっ、呼んでみればいい。決して助けになど来ない、薄情な男の名を」

「……！　誰の、せいだと」

眼前の男のせいでヴィンセントは命を落としたのに、あまりにも酷い物言いだった。フレッドの侮辱が、心と身体が乖離《かいり》しかけていたセラフィーナを引き留める。怒りでもって繫ぎ留められた不安定な精神が、再び憎しみを滾らせた。

「滑稽だな。好きな女を守ることすらできずに、この世から消えるなんて」

「やめて……！　それ以上、口を開かないで……っ」

金の瞳の奥に揺らぐのは、冷たい焔だった。全てを焼き尽くすまで鎮火しない、煉獄《れんごく》の火。赤ではない。どこまでも黒く、漆黒の闇。深淵の底を覗きこみ、見えない暗がりに戦《せん》慄《りつ》した。

「ほら、呼んで。あいつの名を。せめて愛する男を思い出しながら抱かれることを、許してあげる」

一見優しいようでいて、何て残酷な提案だろう。セラフィーナは指先に当たった額縁に爪を立てた。ギッ……と嫌な軋みをあげ、背後の絵画が返事をした気がする。しかし何と言ったのかは不明だ。セラフィーナを励ましてくれたのかもしれないし、蔑んだのかもしれない。唯一理解できたのは、フレッドに火をつけてしまったということだけだった。

「……呼ばない。呼べるわけがないじゃない……」

「聞かせてやればいいのに。善がり狂う君の声を」

冷酷な支配者は、自分の口の端を舐めた。セラフィーナの唇から溢れた唾液も舐めとり、眼を合わせたまま再びキスをする。焦点がぼやける中、閉じることも逸らすこともできなかった。もしも視線を遮れば、喉笛を食い千切られる気がしたからだ。

粘膜を擦り合わせ、無防備な口中を侵略された。ヴィンセントとの口づけは、ただただ幸福を得られるものであったけれども、フレッドから与えられるのは引き摺りこまれる恐ろしさしかない。彼の情念に呑みこまれ、溺れるだけになってしまう。けれどもいつもならば諦めが先立つセラフィーナだが、今日は違った。

今夜は、後ろに夫がいる。誰よりも大切で愛しい人が。

「……痛っ……」

小さく呻いたフレッドが身を引いた。押さえた彼の口元から、赤い血が流れる。手の甲でそれを拭ったフレッドは、苛烈《かれつ》な瞳でセラフィーナを睨み据えた。

「……やってくれる。まさか、噛みつくとはね」

「……貴方が悪いのよ」

躊躇いがなかったとは言わない。他者を傷つけることは、やっぱり怖い。だが、セラフィーナはフレッドの舌に歯を立てることを選んだ。自分の口の中に残る鉄の味を吐き出して、怯える心を叱咤した。謝る必要はないと自身に言い聞かせ、後悔に蓋をする。

「言うようになったじゃないか。その強がり、いつまで続くか楽しみだ」

「や……っ！」

前を寛げた彼が、セラフィーナの両脚を抱え直した。右脚をフレッドの肩に担がれ、自然に重心が移動する。するとセラフィーナの秘められた場所は、彼に差し出される形になってしまった。

「口は塞がないであげる。好きなだけ喘げばいいし、呼びたくなったらあいつの名前を叫べ」

「ぁあぁ……ッ」

　一息に貫かれ、セラフィーナは背を仰け反らせた。後頭部にぶつかった感触は、壁ではなく一枚の絵。おそらく、噴水が描かれたもの。大切なヴィンセントとの思い出が、穢された気がした。

「ひ、……ん、っく」

　噛み締めた歯の隙間から押し殺しきれない音が漏れる。突かれ揺さぶられるたびに視界は乱れた。ぴたりと重なり合った互いの腰は、フレッドの屹立が全てセラフィーナの中へ収められた証だ。それが引き抜かれ、また最奥を突き上げられる。内臓を押し上げられるような苦しさは、瞬く間に快楽へと書き換えられてしまった。

「もう、君の中は僕の形に馴染んでいる。早く認めてしまえばいいのに」

「誰が……ッ、ん、ぅ……っ」

　ぐちゅ、と濡れた水音がドレスで覆われた中から聞こえた。セラフィーナが壁に身体をめりこませる勢いでさがろうとしても、限度がある。逃げ場などどこにもなく、されるがまま腰を叩きつけられた。普段ベッドの上で行われる行為よりも容赦のない律動に、セラフィーナの踵が淫猥に揺れる。

　座った場所も、寄りかかる壁も硬く、衝撃を吸収してはくれなかった。重い打擲は余すところなく胎内へ響いていく。

　隘路を埋め尽くす剛直は、蜜を掻き出しながら執拗に奥を攻めたてた。乱れのない上半身は、未だにしっかりと服を纏っている。汗ばんだ肌に貼りついた布が、硬くなったセラフィーナの乳首を刺激し、より一層快感が高まっていった。

「い……ぅ、くぁっ……」

「思ったよりも強情だな。それじゃ、これはどうだ？」

「ひ……！」

いつもセラフィーナが冷静でいられなくなる腹側の一点を捉えた昂ぶりが、その動きを止めた。切っ先で押されているだけで、全身に新たな汗が浮く。爪先まで痺れが走り、セラフィーナは身を強張らせた。

「だ、駄目……動かないで……っ」

「ああ、いいとも。でもそれだとずっとこのままだ」

話すだけでも微かな振動が内部に伝わった。ほんの少し動くだけで、極上の快楽を得れることを、もう自分は知っている。しかし、踏み出してはいけないと己に警告した。セラフィーナはつい先刻固めた、情けない痴態を晒さないという誓いに殉じるべく、呼吸を整える。縋るのは、今は見えない位置にある結婚式の絵。

——大丈夫、私はできるはずよ。だって、あの人が見ているもの……

「こ、こんなの……たいしたことないわ」

精一杯の強がりで、笑みを形作る。掻き集めた矜持で漏れ出そうになる嬌声を呑みこんだ。

「へぇ……なら、遠慮はいらないね」

フレッドの瞳が暗い光を放った。愉悦を含んだ声が翳りを帯びる。間違えた――とセラフィーナが察した時にはもう、手遅れだった。

「……ゃ、ぁああ……ッ」

セラフィーナの最も弱い部分へ欲望を密着させたまま、彼は腰を回した。ぐりぐりと押しつけられ、保っていた理性が弾け飛ぶ。一気に快感の果てへ押し上げられては、声を堪えることなどできやしない。だらしなく全身を戦慄かせ、呆気なくセラフィーナは達した。丸まった爪先が、淫らな動きで二度三度と押し寄せる絶頂に翻弄される。不自由な体勢の中、体内だけは器用にフレッドの精を強請って蠢いていた。

「ふ、ぁ、あ……」

「まだ、終わりじゃない」

「ひ、待って……ぁ、ああッ」

再び始まった律動に揺らされ、去らない愉悦の上に新しい快楽を刻みこまれる。まだ達した余韻の残るセラフィーナの内壁を、彼は構わず擦りあげ始めた。

「まだ……だ、駄目……っ、あ、あんッ」

湧き出る蜜のせいで、キャビネットの上は悲惨なことになっているに違いない。やまない水音が、見えないながらも酷い状況を伝えてきた。グチャグチャに掻きまわされ、髪を振り乱して泣き喘ぐ。最早、誓いなど木端微塵《こっぱみじん》に砕かれていた。

お腹の中を支配され、感覚を制御できない。開きっ放しになったセラフィーナの唇からは、ふしだらな唾液が流れた。上気した頬は勿論、全てが熱い。中でも、フレッドを受け入れた部分が燃えそうになっている。にも拘らず尚激しく摩擦され、思考は脆く崩れていった。

ぐちゅ、と耳を塞ぎたくなる水音が鳴り響くたび、彼の繁みに擦られた花芯が疼く。大きくなるばかりの淫悦は、再び果てへと向かって膨らんだ。

「どうして欲しい？」

「も、やめて……っ」

「やめていいのか？　本当に？」

再度、彼の動きが止まる。今度は完全に抜け出る寸前まで腰を引かれ、動揺したのはセラフィーナの方だった。

「え……？」

「終わらせて欲しいんだろう？」

喪失感に隘路が疼く。望みが叶ったはずなのに、身体は飢えを訴えていた。中途半端な状態で放り出され、物足りないと叫んでいる。勿論、そんなことを言えるはずもない。しかし泳いだ眼差しは、とても雄弁だった。

「……やぁっ……私……」

「あれも嫌、これも駄目……君は我が儘だな。ほら、正直に言えばいいのに。めちゃくちゃにされたいって」

「そんなこと、願っていない……！」

嘘はついていない。心底、こんな爛《ただ》れた関係を終わらせたいと願っている。けれども、身体は心を裏切るのだ。そして二つは確実に繋がっている。時として、肉欲に精神が引き摺られることもある——

ぶるぶるとセラフィーナの太腿が震えた。固く閉じた目蓋の隙間から、涙が溢れる。先ほどまで摑んでいたはずの額縁が見つからない。救いを求めてさまよう手は、平らな壁を這うだけだった。

「呼んでごらん。君の一番愛しい男の名前を。——大丈夫、あいつは許してくれる」

それは悪魔の囁き。セラフィーナの耳元で、熱を伴って吹き込まれた毒。

いくら後ろ手に探しても見つからないヴィンセントの絵が、セラフィーナの記憶の中で歪んで見えた。霞みがかった頭では、冷静な判断などもうできない。心が求めるものを、そのまま唇が紡いでいた。

「……ヴィンセント様……」

「もう一度」

「ヴィンセント様……許して……」

眼前の男が、微笑んだ。あまりにも柔らかく優しい表情には、悪意の欠片も見当たらない。だが、吐き出す誘惑は、残酷な罠だった。

「愛している、と言えばいい。今でも変わらず、想っていると」

もどかしいほどゆっくりと、押しこまれる硬いもの。セラフィーナの潤んだ内壁は、狂喜して彼を締めつけた。存分に悦楽を味わい尽くすために。

「……ぁ、ああっ……愛、してる……ッ、ヴィンセント様だけを誰よりも……！」

ずん、と最奥を突かれ、たったそれだけで高みに押し上げられた。促されるまま、何度も愛しい人の名前を呼ぶ。熱に浮かされ、自分自身が壊れた人形のように粉々に砕かれていく幻影が見えた。もう二度と、元の形には戻れない。セラフィーナの両手は、いつの間にかフレッドの背中へ回されていた。

「ヴィンセント様……ヴィンセント様……愛しています……っ」

「……もっと」

「永遠に、貴方だけ……っ、ぁ、ああ……ッ」

体内に収められていた屹立が、ぐっと質量を増した。フレッドとセラフィーナは互いに絡み合い快楽の階段を駆け上がってゆく。同じ速度で刻まれる鼓動と呼吸。いつしかキスを貪りながら、セラフィーナは涙に霞んだ眼で、己の見たいものだけを見つめていた。

今、自分を抱いている男に夫の面影を重ね、陶然《とうぜん》と夢を見る。大きな肩、逞しい腕、柔らかな髪の感触。それらが懐かしく思い起こされた。神の前で誓った愛を違えはしない。何があっても、どんな眼に遭っても、この想いが潰《つい》えることなど絶対にない。

「ん、ぁッ、あああ……っ、ヴィンセント様、愛しています……っ」

「……っく」

熱液が迸り、セラフィーナの内側を満たしていった。白い闇に蝕《むしば》まれ、もう何も考えられない。思考を放棄し、セラフィーナは眠りの中へと転がり落ちた。

完全に意識を失う直前、額に落とされたキスは、初夜の床でヴィンセントがくれた口づけにあまりにもよく似ていた。

4　思い出の残り香

「これで眼を覆え」

差し出された細長い布を、セラフィーナは怪訝な気持ちで眺めた。

「……理由を教えてください。でなければ、お断りします」

何をされるのかも分からないのは怖い。しかし怯えていると悟られたくなくて、セラフィーナは虚勢を張った。

部屋に飾られていた紫陽花は既に盛りを過ぎ、今はもう違う花が飾られている。キャビネットの上には別の置物が配され、あの日からひと月あまりが経っていた。

あれ以来、無駄に調度品を壊されては堪らないと、セラフィーナは時折絵以外の物も鑑賞するようにしている。すると定期的に入れ替わっていることに気がついた。これまでも様々なものが運びこまれ、そして顧《かえり》みられることなく撤去されていたのかもしれない。そう気がついてしまうと、尚更罪悪感が刺激された。

それによく見れば、どれもとてもセラフィーナの趣味に合ったものばかりだった。色や形、香りに至るまで、牢獄としか捉えていなかった部屋の中には好ましいものが溢れている。それはまるで『嫌がらせの道具』ではなく、本当にセラフィーナを癒やそうとするかのように選び抜かれた一品に思えた。

——馬鹿ね、懲《こ》りもせずまた好意的に解釈しようとするなんて……

手酷く裏切られたくせに、日数が経てば再び心は揺れた。憎しみを維持し続けるのはこんなにも難しい。

情けない話だが、セラフィーナは日々迷っていた。無意識に、フレッドの言動を良い意味に解釈したくなるのだ。真意が別のところにあるのではないかと期待してしまう。

それはたぶん、負の感情を保ち続けることに疲れてしまったからかもしれない——いや、知れば知るほど、フレッドの人となりが分からなくなるからか。冷酷なだけの支配者ではない一面を、垣間見た気がして戸惑った。それさえ、罠の可能性もあるのに。

正直に言ってしまえば、この部屋は心地がいいのだ。セラフィーナの好むもので固められ、随所に気配りが施されている。一度気がついてしまえば、ごまかすことは難しい。けれども認めるわけにはいかなかった。絶対に。

セラフィーナは指先を動かすことで憂鬱な思いをごまかしていた。今日も日課になった刺繍に励んでいたところ、日の高い内にやってきたフレッドに、セラフィーナは謎の目隠しを強要されたというわけだ。

「ずっとこの部屋の中だけにいては、身体に良くない。少し歩ける場所に行こう」

「……外へ出してくれるの……!?」

驚愕して前のめりになれば、フレッドは苦笑を漏らした。

「流石《さすが》に外へは連れていかれない。これ以上は説明するつもりもないが、君が嫌なら無理強いはしない。さぁどうする？　やめておくか？」

「……行くわ」

屋外でないとすればこの建物の中だろうか。しかしそれでも、今まで足を踏み入れていない場所に行けるのならば、今後逃げ出す際、役に立つに違いない。視覚を奪うのは、間取りや構造をセラフィーナに知られたくないからなのだろう。だとすれば、逆に脱出のヒントが隠されているとも考えられた。断る理由はない。

素直に布を両眼に巻いたセラフィーナは、フレッドに手を引かれて、監禁されてから初めて部屋の外に出た。できれば緩く結んで隙間を作り、少しでも景色を確認したかったけれど、彼はそれを簡単に許してくれるような男ではない。結局、一分の隙もないほどしっかりと視界は閉ざされてしまった。

「ここまでしなくても……眼を閉じていろと言うならそうするわ」

「信じるとでも？」

鼻で嗤う気配がフレッドからしたが、当然だ。信頼感など皆無に等しく、セラフィーナは隙あらば一矢報いたいといつも本気で構えている。けれども部屋から出られるという高揚感も影響していたのか、少しだけ普段とは違う距離感を覚えていた。

平素なら、絶対に自分から触れたいと思わない彼の手を握り、並んで歩む。ドアが開かれる音と共に空気が動き、その中に嗅《か》ぎ慣れない香りがあった。フレッドの檻に囚われていることに変わりはなくても、僅かな解放感が湧きあがる。

半面、気を抜くなと己を鼓舞《こぶ》した。もう何度、油断したところを喰らいつかれてきたことか。今回だって、何らかの思惑があるに決まっている。たとえどんな事態が起こっても対応できるよう、注意深く耳をそばだて、嗅覚を研ぎ澄まし、周囲に気を配った。

足裏から感じる床は硬質で、反響する音から、狭くない空間であることだけは伝わってくる。だが、それ以外は物音一つせず、何も探ることはできなかった。人の気配はまったくなく、冷えた空気からは、あまり出入りがないのが窺える。静まり返った廊下に二人分の足音だけが響いていた。

「どこまで行くの……？」

「秘密」

いくつかの角を曲がったのは、もしかしたら距離や方向をごまかすためかもしれない。

途中階段も上り下りし、セラフィーナの感覚はすっかり狂ってしまった。すると不安が募り、握っているフレッドの手だけが道標となる。知らず強く握った手は、それ以上の力で握り返されていた。

「……っ」

振り払えなかったのは、手を放されれば自分が困ってしまうからだ。他に理由などない。言い聞かせる言葉は、随分と弱々しいものだった。

緩く頭を振り、くだらない思考を断ち切る。不安は人を脆くする。……それだけのことだ。温かい指先の温度に安堵したなど、ただの幻想。相手が誰でも関係ない。そうに決まっている。でなければいけない。

やがてセラフィーナがどちらに向かって進んでいるかさえ分からなくなった頃、ようやくフレッドは立ち止まってくれた。

「到着した。目隠しを取って」

そこが明るいことは、煩《わずら》わしい布を外す前から分かっていた。天窓からの光だけとは比べものにならない光量が溢れている。目隠しを取り、ゆっくりと目蓋を開けば、眼の前には長い廊下がまっすぐ伸びていた。突き当たりは左に折れ、そのまま繋がっているようだ。左側の壁には沢山の絵画や美術品が飾られている。そして右側は大きな窓がいくつも設けられていた。

「すごい……」

「言っておくが、逃げようとしても無駄だ。君の足で、僕を振り切れるとは思わない方がいい」

ぬかりなく右側に立った彼が釘を刺してくる。これ以上窓には近づくなと、無言の威嚇《いかく》をされた。

「言われなくても、分かっているわ」

無謀な真似をして、またフレッドの怒りを買う気はない。今はまだその機会ではないと、セラフィーナにも感じられた。それでも窓の外は気になって、どうしても視線が向かってしまう。

残念ながら見えるのは木々ばかりで、霧が出ているのか遠くまでは見通せない。乳白色の中、微かに形が窺えるばかりだ。明るいと思ったのも、太陽光ではなく、ふんだんに灯されたシャンデリアの光だったらしい。

少なからずセラフィーナは落胆したが、それでも久し振りに違う景色を眼にできるのは嬉しかった。あの部屋でフレッドの訪れに怯えるばかりの生活には心底嫌気がさしていたし、いくら否定しても娯楽に飢えていたことは事実だ。

「素晴らしいギャラリーね……」

窓とは逆に壁へ眼を遣れば、無数の芸術品が品よく配置されている。かなり裕福な者でも、これほど品数を集めるのは容易ではないだろう。ずらりと並んだ数々の作品は、どれも見ごたえのあるものばかりだった。そしてここにあるものも全て、セラフィーナの趣味に合っていた。まるで本当に自分を楽しませるためだけに集められたように。

「気に入ったのなら、良かった。回廊を一周できるようになっている。中の部屋にも、色々飾ってある」

「そうなの？　いったいいくつあるの？」

「数えたことはないな」

とんでもない財力だとセラフィーナは声には出さず、舌を巻いた。しかし、犯罪に関わるものかと疑惑も浮かぶ。ヴィンセントのように殺められた者から奪った品々ではないかと思ったのだ。そんな思いが顔に出ていたのか、彼は苦笑を漏らした。

「全て通常の取引をし、正規の金額で購入したものだ。他人から強奪した物を見せびらかす趣味はない」

「そ、そう……」

確かに、飾られた絵画にも、硝子で作られたランプにも、見事な焼き物にも、見覚えがあるものはなかった。ヴィンセントが所有していたものならば、セラフィーナだって一度は眼にしている。

疑った気まずさをごまかすため、セラフィーナはゆっくりと一枚の絵画に近づいた。

描かれていたのは、見知らぬ異国の風景。高い場所から街並みを写し取ったそれは、可愛らしい家がいくつも描かれている。行き交う人々の格好は、南国なのかとても薄着だ。その隣には、似たような服を纏った女性が、朗らかに微笑む姿があった。更に奥へ進めば、役者が舞台袖で出番を待つ様子が繊細な筆で切り取られている。

「……すごいわ、これほど見事なもの見たことがないわ。貴方にこんな趣味があるとは知らなかった」

絵画と言えば、肖像画や宗教画が一般的で、『一般の人々』に焦点を当てたものは非常に少ない。基本的には裕福な者が注文して描いてもらうものだから、どうしても偏るのだ。だから自由な題材はセラフィーナにとって物珍しく、行ったことのない場所や覗いたことのない舞台裏に胸がときめいていた。

「素敵、画家の腕も素晴らしいけれども、この景色……実際眼にしたら感動もひとしおでしょうね……いつか、行ってみたいわ……」

何気なく口にした『行ってみたい』という言葉に既視感がよぎった。奇妙なざわめきがセラフィーナの中に生まれる。思わず足を止めると、背後からフレッドが話しかけてきた。

「どうした？　つまらないのか？」

「い、いいえ……何でもないわ」

一瞬の違和感は、すぐに霧散してしまっていた。もう一度思い出そうにも、跡形もなく消え去った感覚は、二度と戻ってこない。何が引っかかったのかも分からず、セラフィーナは台座に置かれた陶器の人形へ視線を移した。

——今のは、何だろう……？　以前にも異国の地を踏んでみたいと言ったことがあるのかしら……いったいいつ、誰と……？

思い出せないのはもどかしいが、忘れてしまったのならば、きっとその程度の記憶なのだ。何気ない軽口だったのかもしれないし、昔ヴィンセントが連れていってくれた博覧会で、似たような会話をしたのかもしれない。

ふるりと頭を振って、思考を遮る。そして、もう一つの違和感に気がついた。

——部屋に飾られた絵画の数々は、フレッドがわざわざ描かせたものなのかしら……もともと、生家にあったものでも、ヴィンセントが所有していたものでもない。ならば、新しくフレッドが画家に頼んで描かせたということになる。いったい何のために。その上、他人が知り得ない場面もあったではないか。セラフィーナが、ヴィンセントに結婚を申し込まれた噴水前の光景。あれを知っているのは、自分と——

「ヴィンセントは、しょっちゅう君の話ばかりしていた。仲間内でも、自慢と惚気《のろけ》ばかりで呆れられていたから、僕もいつの間にか覚えてしまったよ。君が何に興味を持っていて、どんなことを好むのかもね」

「ああ……それで」

絶妙なタイミングで回答を与えられ、セラフィーナはほっと息を吐いた。自分でも驚くほど、全身に力が入っていたらしい。固まっていた肩に背後から手を置かれ、ビクリと跳ねた。

「気候や文化の違う国を見てみたかったのだろう？」

「ええ……」

でもそれは、愛しい人と一緒にという注釈がつく。少なくとも、憎くて堪らない相手とではない。セラフィーナはさりげなく彼の手を外して逃れ、作品を鑑賞する振りをして距離を取った。意識はすっかり後ろに立つフレッドに傾けられていたが、そんな素振りは欠片も見せず、回廊を歩く。

考えてみれば自分は、ヴィンセントが普段どんな付き合いをしていて、何を話していたのか知らないのだ。家の中でのことは熟知している。しかし、一度外に出た後のことは見たことがない。正確に言うならば、知ろうともしてこなかった。セラフィーナに見せてくれる顔だけに満足し、それ以外のことには興味もなかったのだ。世界は、二人だけで完結していたから。

――フレッドのことも同じ。私は、一面しか知らないのかもしれない……

別にフレッドについて詳しく知りたいわけではない。だが、多面的に捉えてこそ、浮かびあがる真実もあるのではないか。

そこまで考えて、セラフィーナは即座に否定もしていた。これではまるで、彼について理解を深めようとしているみたいだ。

――違う。私はいつかこの囚われの状態から逃げ出すために、色々情報が欲しいだけよ……。

セラフィーナが思い悩む間、フレッドはそれ以上不用意に話しかけてくることも、触れてくることもなかった。ただ、じっと見つめられているのは感じる。こちらの一挙手一投足を見逃すまいと、注がれる視線の熱さを。

「……今日は、お仕事は大丈夫なの」

沈黙に耐えきれなくなったのは、セラフィーナの方が先だった。

静寂には慣れているはずだ。けれど、今は違う。どちらかが話さなければ、いつまで経っても衣擦れの音ばかりが耳に煩い。階段やここへ来るまでの廊下とは違い、ギャラリーの回廊には絨毯が敷き詰められていて、靴音さえも響いてはくれなかった。

静まり返った箱の中、二人きりなのが息苦しい。窓の外へ眼を向けても、見えるのは靄《もや》に沈んだ影ばかりだ。いくら閉じ込められている部屋より広くても、牢獄であることに変わりはなかった。

「……君が僕にそういう質問をするのは初めてだな」

対話を期待して、拒絶や否定以外の言葉を吐いたのは、随分久し振りだ。どこか喜色を孕んだフレッドの声に、間を持て余して口にしただけで、特に深い意味はなかったセラフィーナは返答に困ってしまう。無言のまま、肩越しに彼を振り返った。

「……答えられないならば、もう聞かないわ」

「いや？　後ろ暗いことはしていない」

人を殺め、その妻を監禁し凌辱しておいて、どの口が言うのか。呆れたセラフィーナは冷ややかにフレッドを見据えた。

「はは……っ、怒る気力が湧いてきたなら良かった。ここ最近、君は妙に鬱々としていたから、その方がいい」

「……貴方の目的は何なの……」

まただ、とセラフィーナは思った。馬鹿にした物言いに聞こえるが、根底にあるのは嘲笑とは違う気がする。ほんの少し角度を変えると、別の答えが現れるように感じられた。これまでずっと降り積もっていた沢山の疑問や違和感が、解消されないままセラフィーナの内側に溜まってゆく。いつしかそれらは、無視できないほどに成長していた。『気のせい』『勘違い』では見過ごせないほどに大きくなっていたのだ。

今日だって、先入観をなくして見れば、純粋にセラフィーナを楽しませようとしているとしか思えない。運動不足の身体を気遣い、気分転換に連れ出してくれていると思えてしまう。

——馬鹿馬鹿しい。全部、この人の計算よ。私を貶めるための……惑わされるなんてどうかしている。でも——

ヴィンセントへの憎しみを語りながら、具体的なことは何も言わないフレッド。セラフィーナを苦しめる道具と思われた諸々も、逆の側面を持っている。傷つける言葉でさえ、まるでこちらに発破をかけているようだ。『しっかりしろ』と乱暴に背中を叩かれている心地になった。

何よりも、彼はわざと憎まれようとしているとしか思えない言動を取る。セラフィーナの憎悪を煽り、殊更に薪をくべ、少しでも負の感情が薄れないよう注意深く観察されている気がした。セラフィーナが弱れば怒りを煽ることで活力を取り戻させ、恨まれる対象になることこそが、目的であるかのように。

思い返してみれば、特に酷いことをされるのは、いつだってセラフィーナが精神的に衰弱した時だったように思う。全てを諦めて自暴自棄になりかけたり、死を意識したりした時、沈んだ泥の中から引き上げるように強引に腕を引かれた。

——違う。弱みを見せれば、つけこまれるだけ。散々痛い目に遭ったじゃないの。私はいつになったら学習するの？　憎まなければ、いけないの。そうでなければ、何もかもが壊れてしまう。別の答えなどいらない。それなのに、どんな言葉を期待しているの？　ヴィンセント様を奪った人に、何を望んでいるのよ……！

「――目的なんて、最初から言っているじゃないか。君を苦しめるためだよ」

「嘘……だったら、今日のこれも、いったいどういう気まぐれなの？　まるでご機嫌取りじゃない……！」

自分でも求めるものが何なのかが分からなかった。苛立つ理由にさえ、向き合いたくはない。しっかり真正面から覗きこんでしまえば、きっともう引き返せないだろう。そもそもセラフィーナは質問しておきながら、答えを聞くのを恐れていた。

噴出した混乱と怒りの捌け口を求め、手近の花瓶を握り締めた。そのままフレッドに投げつけようとして、手が止まる。美しい硝子細工の中に、白い紫陽花が咲いていたからだ。

――やっぱり偶然なんかじゃない。彼は知っている。この花が私にとってどれだけ大きな意味を持つのかを……

「ぶつけないのか？」

「え？」

固まったセラフィーナに、フレッドが両手を広げ問いかける。それは、挑発していると言うよりも、無防備なまま待っていると表現した方が正解だった。どんな暴挙も受け止めると態度で示され、セラフィーナはますます困惑する。いっそ『馬鹿なことはやめろ』と怒り狂って欲しい。いつかのように無理やり組み伏せ、こちらの意思など無視して奪ってくれたら楽なのに。それとも女の癇癪《かんしゃく》などくだらないと高を括《くく》っているのか。

「私を馬鹿にしないで……！　何のつもりなの……っ」

花瓶は砕いてしまうには忍びなく、セラフィーナは無意識のまま抱き締めていた。シャンデリアの光を受けた硝子を通し、見事に咲き誇る白い紫陽花。精魂こめて作られた上に、思い出に繋がるものを壊すことなどできるわけがなかった。

「――それが気に入ったのか？　……なら、部屋に持って帰るといい。誕生日、おめでとう」

「……は？」

あまりにも想定外の言葉に、セラフィーナの怒りは吹き飛んだ。フレッドの言った意味が分からず、呆けた顔を彼に向ける。

「その花瓶なら、花を活けなくても充分鑑賞に値する。生花はすぐに枯れてしまうし、ドレスは僕が破ってしまう恐れがあるから、なかなか悪くない選択だ。もしも宝飾品の方が良ければ、中の部屋に用意している。ああ、別に一つとは限定しない。好きなだけ選べばいい。どちらにしても、全部君のものだ」

「何を……」

「喜ぶものが分からないから、色々と取り揃えてみた」

何でもない口調でフレッドは告げたが、では見渡す限り並べられた品々は、全てセラフィーナへの贈り物として用意されたということか。気に入るかどころか受け取るかどう

かも分からないものをこんなに大量に。いや、どれも的確にセラフィーナの趣味を理解した上で選び抜かれたものばかりだった。だが問題はそんなことではない。

「どうして……」

「勝手に僕が選んでも、君は気に入らないだろう。これだけあれば、一つくらいお気に召すものがあっても不思議じゃない」

「そういう意味ではなくて……！」

噛み合わない会話がもどかしく、セラフィーナは声を荒らげた。聞きたいのは、もっと別のことだ。だが、何も言うべき言葉が出てこない。纏まらない思考が空回りして、適切な台詞は見つからなかった。

「でもせっかくだから、全て見て回るといい。セラフィーナに選ばれなければ、どれも廃棄するしかない代物だ。眼を通すくらいはしてくれ」

「捨てるなんて、駄目よ……！」

「では、じっくりと選んでくれ。行こうか」

差し出された彼の手を取らねばならない理由はない。むしろ拒否するべきだ。セラフィーナは眼前の手を見つめたまま立ち尽くしていた。痺れを切らしたフレッドに指を絡められるまで。

「荷物になるから、花瓶は僕が持とう」

言われるがまま持っていたものを手渡したのは、まだ動揺していたからに他ならない。促され前に進むため足を動かしても、頭の中は疑問符でいっぱいだった。

「……私の誕生日を、何故祝うの？　いいえ、それよりもどうして知っているの……」

「さっき言ったじゃないか。ヴィンセントは君のことばかりを話していた。誕生日についてなど、毎年聞かされていたから覚えただけだ」

二つ目の質問については、納得できる答えが返ってきた。しかし肝心の一つ目については、彼は言う気がないらしい。意図的にはぐらかされて、回廊の突き当たりを左に曲がる。

「他に気に入るものはないか？　これなんてどうだ？」

指し示されたのは、伝統的な刺繍が施された巨大なタペストリーだった。いくらセラフィーナが手芸を得意にしていても、ここまでの大作には足元にも及ばない。息を呑む壮大さに眼を奪われた。

「これを、好きなように加工しても構わない」

「そんな恐れ多いこと、できるわけがないじゃない……！」

素人が手を加えるなど、作品に対する冒瀆《ぼうとく》でしかない。とんでもない案にセラフィーナは慌てて首を振った。

「私なんかが、手出しできないわ」

「そうか？　君の腕は、これを作った職人と比べても遜色ないと思うが」

何の気負いもなく吐かれた言葉は、フレッドが本心からそう思っていることを窺わせた。買い被りだと言っても、首を傾げるばかりで理解していないのが伝わってくる。呆れることに、心底セラフィーナの腕を過大評価しているらしい。

「信じられないわ……見れば、違いが一目瞭然じゃない……」

どうやら褒めている気もない彼は、セラフィーナが赤面する理由にも思い至らないようだった。金の瞳を瞬いて、不思議そうにしている。ますます恥ずかしく居た堪れなくなったセラフィーナは、足早にタペストリーの前を離れた。

断じて、あの閉じられた部屋に帰りたいわけではないが、この場にいるのも落ち着かない。身の置き場がなく、せっかくの作品も碌に鑑賞せずに通りすぎた。僅かでもセラフィーナが足を止めると、フレッドが持っていこうとするから尚更だ。強請っているかのように思われるのは居心地が悪く、興味がない振りをするしかない。しかし、もしも本当にこれら全てがセラフィーナのためだけに収集された品ならば、じっくり味わわないのは逆に失礼だ。

「……今日中に選ばなければ、駄目かしら」

「いいや。日によって飾りたいものも変わるだろうから、また案内しよう」

混乱は、続いている。むしろ深まった混迷に、先行きがまったく見通せなかった。窓の外を覆う霧と同じだ。白い闇がどこまでも広がっている。伸ばした指先さえも溶けて見えなくなる濃さに、心まで隠されてしまった。

「――来月は、君のご両親の命日が来る。墓には連れていけないが、希望する花を届けさせよう」

「えっ……」

さも当然とばかりに言うフレッドには、気負った様子は微塵もない。本心から、そうすることが自然だと考えているらしい。彼にとっては至極当たり前の行為――自分が殺した男の妻の誕生日を祝うことも、その両親の死を悼むことも――矛盾はないのだ。冷酷無比な犯罪者との落差に、セラフィーナは瞳を揺らした。

以前なら、墓前に連れていってくれないことを恨み、余計に憎しみを滾らせたかもしれない。花だけ選ばせるのも非道と捉え、彼を睨みつけたことだろう。

しかし、今はどう解釈していいのか分からなくなってしまった。相変わらず警戒はしている。騙されるなと忠告する自分の声も聞こえてくる。けれども先入観を捨て、純粋に見れば、まったく違う絵柄が浮かびあがった。

――この人は……本気で私を慮ってくれているの……？　全てを奪っておきながら、どうして……

どちらが本当なのかは不明だし、そもそも真実に意味があるのかも疑問だ。大切なのは、セラフィーナの心を掻き乱すフレッドが、何もかも奪ったということ。愛しい幸福の日々は、二度と戻らないことだけ。

「……少し疲れたわ……今日は、ここまでにしてくれない？」

「顔色が悪いな。久し振りに歩いたからか」

肯定も否定もせず、セラフィーナは俯《うつむ》いた。青褪めた頬も、震える唇も見られたくはない。何より、これ以上美しいものに取り囲まれているのは辛かった。こめられた想いの意味を探りたくなることも耐えきれない。自分の中に渦巻く思いが、あまりにも醜く感じられて。

「……ここへは、またいずれ来ればいい」

「……そうね。今度……」

「僕が連れて来よう」

二人の間で約束を交わすのは、初めてだった。『次』を意識して感じるものが何なのか、セラフィーナには判別がつかず、語尾を濁《にご》す。嫌とも言えるし、真逆にも思える。追及したくなくて眼を逸らした。

連れて来られた時と同様に目隠しを結ばれ、手を取り合って部屋に戻る。行きとは別の道を通ったのか、曲がる回数や階段の数が違った気がした。しかも歩いた距離は、帰りの方が短かった。

——そうまでして、私を閉じ込めておきたいの……？

逃げ道を潰し、必死に囲いこむフレッドの本心は未だに見えない。感じられるのは、得体の知れない執着だけ。それさえ、亡きヴィンセントへ向けられたものなのか自分に向けられたものなのか分からないのだ。

——だけど、気遣ってくれている。

疲れたと告げたセラフィーナを心配したのか、帰路は明らかに短くなっていた。できるだけ平坦な道を選び、遠回りすることをやめたのかもしれない。口にはせずとも、歩く速度は遅くなり、彼がこちらの様子を気にかけているのが伝わってきた。

視界を塞がれた分、感じる息遣いや変わった歩幅。言葉より雄弁な態度を『なかったこと』にするのは難しい。

——嫌な人だと、全力で憎ませて……

怒りや悲しみをぶつけられる相手であって欲しい。軽蔑すべき人間であるのだから、何をしても何を言っても許されるのだと思っていた。そうでなければ、ヴィンセントという失ったものが大きすぎて、セラフィーナは生きてこられなかった。

酷い言葉や行為に傷つけられたのは事実。許せないし、これから先も許すつもりはない。しかし垣間見えるフレッドの別の一面に心揺らされる。

悪人がたまたま見せた善行に眼を奪われただけかもしれない。普段碌でもない人間が優しさを覗かせれば、実像よりもより良く感じられるなど、よくある話だ。

千々に乱れる心情を押し隠し、セラフィーナは繋がれた手の感覚だけを追っていた。

夜、夕食を運んできたのは世話役の女性だった。メニューは牛肉のロースト。置かれたナイフを見て、今夜は食べ終わるまで彼女が控えているのだろうことをセラフィーナは悟った。

「……立ったままでは大変でしょう？　座っては？」

自分の亡くなった母親とさほど変わらない年齢だろうか。だとすれば、短くはない時間立ち続けるのも楽なことではないと思う。

これまで、セラフィーナは彼女を気遣ったことはなかった。何も情報を引き出せないと知ってから極力接触しないようにしていたし、言い方は悪いが眼中になかったのだ。しかし以前少しだけ話したこともあり、今夜は意を決して声をかけた。

「いいえ、このままで大丈夫です。――お気遣い、ありがとうございます」

そっけなく断った後、女性は小さな声で礼を言った。感情が感じられない抑揚の乏しい物言いではあったが、前半と後半には、確かに温度差がある。僅かな揺らぎを嗅ぎ取って、セラフィーナはもう一度椅子を指し示した。

「どうぞ、座って。私も貴女が立ったまま待っていると、食べづらいの」

「……――では、失礼いたします」

苦笑交じりにセラフィーナが勧めれば、彼女は迷いつつ腰を下ろした。とは言え、職務に忠実なせいか、背筋はピンと伸ばされたままなのがおかしい。顔はまっすぐ前を見据えている。

「……いつも……その、ありがとう」

「え？」

彼女の驚いた顔など初めて見た。いや、無表情を崩すこと自体が初めてだ。眼を見開いた女性に、セラフィーナは淡く微笑む。

「ずっと、色々してくれているのに、私ったらお礼を言ったこともなかったわ。いくら自分に余裕がなかったと言っても、これじゃいけないと思ったの」

彼女がフレッドの雇《やと》った使用人だとしても、無下に扱っていいということにはならない。部屋の外は考えていた以上に広く階段も多かったので、食事や洗濯物などを運ぶだけでも大変だろう。若くはなく、たった一人でセラフィーナの身の回りの世話をするのは一苦労だったに違いない。

毎日清潔に保たれた室内や不自由のない食事。これまで誰がどうやって提供してくれているかなど、深く考えてもみなかった。勿論、大元の費用はフレッドが負担しているのは分かっている。だが、日々、直接手足を動かしているのは彼女だ。これまでセラフィーナは眼の端で忙しく動き回る女性を捉えていても、ずっと気に留めていなかった。そんな自分の傲慢さを反省して、謝罪する。

「ごめんなさい。貴女の名前……教えてもらえるかしら？」

「セラフィーナ様……」

「初めて私の名前を呼んでくれたわね」

ひょっとすると、認識されていないのかと恐れていた。主人の愛人でさえない玩具の世話を押しつけられ、辟易《へきえき》している可能性もあると思っていたのだ。だから今夜彼女が顔を見せた時点では、話しかけるかどうかをセラフィーナ自身決めていなかった。

けれども、彼女の眼の中に軽蔑や侮蔑《ぶべつ》の色がないのを見てとって、ようやく決心がついたのだ。

「私も貴女の名前を知らないと、不便でしょう？　だから、聞かせて欲しいの」

いつも険しく引き結ばれていた女性の唇が戦慄く。ただ名乗るにしては過剰な反応を不審に思い、セラフィーナは首を傾げた。

「……どうしたの？　ああ……もしかしてフレッドから余計なお喋りを禁止されている？」

「いいえ！　いいえ、あの方はそんな真似はなさいません」

聞いたこともない彼女の大声に、今度はセラフィーナが眼を見開いた。顰められた眉や噛み締められた唇から溢れるのは、苦悩。膝の上で握られた拳には、白く筋が浮いていた。

「では、私には教えたくないかしら？」

嫌な態度をとっていた自覚はあるので、セラフィーナは不安になった。生意気な小娘だと忌々しく思われていたのかもしれない。だとすればもっと誠実に謝らなければ。

「あの、今まで本当に悪かったわ……」

「セラフィーナ様が謝罪する必要はありません……！」

被せられた声には、切実な響きがあった。常ならぬ様子に戸惑っていると、彼女は潤んだ瞳でセラフィーナを見つめる。逡巡《しゅんじゅん》の後、大きく息を吸い、吐き出した。

「……私の名前は、エヴァンと申します」

「エヴァン？　素敵な名前ね」

忘れないよう繰り返すセラフィーナへ、エヴァンの視線が注がれた。何かを探るような、期待するような、熱い眼差しが。

「……？　これからもよろしくね、エヴァン」

何を望まれているのかが分からず、セラフィーナは取り敢えず笑みを深めた。しかしそれは不正解だったらしい。たちまち失望を露にしたエヴァンは、悲しげに瞳を伏せた。

「エヴァン……？」

「……何でもありません、セラフィーナ様。お騒がせいたしました」

元の、感情を抑え込んだ声は、一層冷たく耳に届く。理由は分からないが、どうやら自分は彼女を傷つけてしまったらしい。セラフィーナは挽回しようとしたが、軽々しく話しかけられない空気に怯《ひる》んだ。取り返しのつかない失敗をしてしまったことだけが、痛いほど理解できる。

途端にセラフィーナの食欲は失せ、まだ温かい料理も色褪せた。沈黙に支配された中での食事は、嚙んで呑みこむだけの苦行に等しい。自分の咀嚼する音とカトラリーの音だけが響き、重苦しさに拍車をかけた。

このままではいけないと思う。食事を終え、エヴァンが去ってしまえば今までと何も変わらない。歪な世界に閉じ込められ、人として当然の配慮もできない嫌な人間へと腐っていってしまう。セラフィーナは食後のお茶で喉を潤し、息を吸いこんだ。

「ねぇ、エヴァン。私、何か貴女の気に障ることを言ってしまったかしら……？」

「……いいえ。私こそ、ご不快にさせてしまったのなら、申し訳ありません」

深く頭をさげる彼女は、まったくこちらを見ていない。会話こそしてくれているが、これでは一番初めの頃と同じだ。下手をしたら、いないものとして扱われていた頃と——

「エヴァン、お願い。ちゃんとこっちを見て。ここに来るのは貴女とフレッドだけだもの……無視されるのは、悲しいわ」

外界から隔離され、自己の存在自体が希薄になる生活の中、他人との関わりはとても貴重だ。特にセラフィーナにとって、自分に害をもたらさないエヴァンは、外に繋がる唯一の窓口に感じられていた。意思疎通ができるようになった今ならば、尚更だ。

「無視なんて……そんな」

口ごもる彼女には、そんなつもりはなかったらしい。悪意を抱いていたわけではない様子に安堵して、セラフィーナは改めてエヴァンに視線を据えた。

「もっと話を聞かせて。忙しいのならば、仕方ないけれど……」

「ですが、私にはセラフィーナ様を楽しませる話題などありませんし……」

「……フレッドについて、教えてくれる？」

乗り気ではなかったエヴァンは、彼の名前を出した途端に動揺した。やはり以前、急に態度が軟化したのもフレッドの話題に触れたからだったのだと確信し、セラフィーナは言葉を重ねた。

「どんな人なの？　私は、ここにいる時のことしか知らないから……」

「私から、申し上げられることはありません。気になるのでしたら、どうぞご本人様からお聞きください」

エヴァンは口止めされているのか頑なに首を振る。しかし、彼女が話したがっている雰囲気は感じられた。セラフィーナの逃亡を防ぐため、必要以上の情報を与えることを恐れているのかもしれない。

「別に、弱みや正体を明かせと言っているわけではないわ。そうね……エヴァンにとっては、どんな主《あるじ》なのかしら」

　セラフィーナの中で日々変わる彼の印象は定まらず、未だにフレッドの実像が摑めない。自分の眼で見ただけでは判断できないから、他人の意見も聞いてみたかった。心底唾棄《だき》すべき人格なのか、そうでないのか――判断材料は多いほどいい。

「私にとってですか？　それは……ええ、素晴らしい主人です」

　予想外の質問だったのか、エヴァンは瞠目《どうもく》した後、しかしはっきりと言い切った。大きく頷き、セラフィーナの眼差しを受け止める。

「あの方ほど、尊敬できる方はいらっしゃいません。慈悲深く、ご自身には厳しく、そして器の大きな方です」

「……本当にそう思っているの……？」

　彼女はフレッドが殺人犯だとは知らないのだろうか。セラフィーナを監禁し、ここで何が行われているかは理解しているはずだ。それでも尚、彼を褒め称えているのか。複雑な心情が顔に表れていたのか、エヴァンがはっとして口を噤んだ。

「あ、その……」

「……ごめんなさい。よく考えたら、使用人が雇用主を批判できるはずがないわよね」

「い、いいえ、そういうことではないのです。私が雇われの身だから贔屓目《ひいきめ》に見ているわけではなく……」

「ではエヴァンにとっては、いい主人なのね……」

それも、手放しの敬愛が感じられた。おべっかではなく、本心からの尊敬が。

「誰でも、立場や関わりによって人の印象は変わるものだけれど……」

ますますフレッドの人となりが分からなくなった。これまで自分が見聞きしたこと、感じたことを総合するならば、彼は本来人格者だが、ヴィンセントとセラフィーナに関することだけは、非人道的な手段も選ばない破綻者になってしまう。それほど恨み辛みが深いのだろうか。相反する人物像が重なることなくセラフィーナの中で揺れている。

そしてその齟齬《そご》は、過去の姿にも言えるのだ。

ヴィンセントの友人として引き合わされたフレッド。その後数度顔を合わせたが、あまり記憶には残っていない。印象は薄く、数人いた男性の中の一人としか認識していなかった。

対して、この部屋に閉じ込められてからの彼は、嫌でもセラフィーナの視界に喰いこんでくる。意識しないでいることも難しい。いない時でさえ、彼のことを考えてしまう。つまり、良くも悪くも惹きつけられずにはいられないのだ。

二人きりなのだから当たり前だと言われればそれまでだが、これほど存在感のある男が印象に残らないなどあり得るだろうか。確かに当時のセラフィーナはヴィンセントしか眼中になかった。それでも、違和感は拭えない。

そして何よりも、ヴィンセントが命を落とした夜のこと。

最低の行為に及ぼうとしたフレッドの言動は、あまりにも今の彼と乖離している。『女性を力ずくでいたぶる』ということは同じだが、何かが違う。具体的にどこがと問われれば困ってしまうが、セラフィーナにはズレが感じられた。

――分からない……頭が痛い……

悪夢の夜を思い出そうとすると、激しい頭痛と吐き気に襲われる。グチャグチャに乱れた映像がけたたましい雑音と共に再現されるのだ。所々乱れるのは、受けた衝撃が強すぎて思い出したくないからなのかもしれない。

押し倒された痛みと恐怖。触れられたおぞましさ。冷たいナイフの光と雷鳴。床に溜まった血――それらがグルグルとセラフィーナの頭の中を駆け巡った。中でも最もはっきり思い出せるのは、青褪めた男性の顔。階段を上ってきて、告げられた言葉。

『あの男は死んだ。僕が、殺したんだ』

金の瞳を翳らせたフレッドが、聞き間違える余地もなく、はっきりと言った。

「――……セラフィーナ様……？」

気づけば、部屋の片隅で椅子に腰かけていたはずのエヴァンが、気遣わしげに近い距離からこちらを覗きこんでいた。

「どこかお加減でも悪いのでしょうか？」

「え……いいえ、大丈夫よ……」

実際には込みあげる吐き気と闘っていたが、セラフィーナは問題ないと嘘を吐いた。しかし、自分でも説得力がないことは分かっている。手足は冷たくなっているし、表情は強張り、落ち着きを失っているだろう。本音では、今すぐ横になりたいほどに、最悪の気分だった。

「顔色が優れませんわ。どうぞ、お休みになってください。昨日はお疲れのご様子だったとあの方から聞いております。……そうだわ、心身を癒やしてくれる香油を温めて香らせましょう。とっておきの品を使ってもよろしいですか？」

「とっておきの品……？」

心当たりがなくセラフィーナが瞬けば、エヴァンは浴室から香油の瓶を持って戻ってきた。それは二週間ほど前、一度も使わなかったラベンダーと交換されたものだ。これまでも定期的に入れ替えられていたが、今回の瓶は一際細工が凝っており、収められた液体も最高級の代物であると一見して分かる。

「こちらです。毎年最高級の薔薇から少数しか作られない、予約生産のみの品なので、入手が困難なのです」

開封した跡のない瓶に、エヴァンは一瞬表情を翳らせたが、すぐに無表情を取り繕った。

そして手際よく準備を始める。

「……そんなに貴重なものだったの……」

どうせ使わないのに、という言葉は呑みこんで、セラフィーナはエヴァンに言われるがままベッドに横たわった。そう言えば、いつもならばもっと短期間で取り換えられる香油の瓶が、今回は長く同じものが置かれていた。高価なものだから、おいそれと交換するのが忍びなかったのだろうか。ぼんやりと考えていると、支度を終えたエヴァンがセラフィーナの掛布を整えてくれた。

「――これは、あの方が特別に取り寄せた贈り物です。……セラフィーナ様のために」

「……え?」

この部屋の中にあるものは、あまねくフレッドがセラフィーナに与えた品だが、あえて使われた『贈り物』という単語には深い意味がこめられている気がした。お喋りを拒んでいたエヴァンがここまで語るには、相応の理由がきっとある。セラフィーナは彼女の双眸をじっと見つめた。

「エヴァン、それはどういう……」

「……申し訳ありません、具合が悪いセラフィーナ様に話しすぎました。どうぞごゆっくりお休みください。明日から三日、あの方はお仕事でこちらにいらっしゃいません。私がお世話させていただきますので……」

「あ……待ってちょうだい」

引き留めようとした手をすり抜けられ、エヴァンは出ていってしまった。残された室内には、芳しい薔薇の香りが漂っている。温められ気化した香油が、一呼吸ごとに甘い癒やしをセラフィーナに与えてくれた。

「贈り物って……」

それは、相手を想うが故の行為だ。喜ぶ顔や驚く様を想像し、心を砕いて選ぶからこそ、意味がある。自分から押しつけるだけでは伝わらず、独りよがりな自己満足になってしまう。

――だから、昨日のフレッドは私に選ばせた……

キャビネットの上には、紫陽花が閉じ込められた花瓶が飾ってある。灯されたランプの光を受け、柔らかな模様を壁に投げかけていた。誕生日祝いとして思わず受け取ってしまったが、あれだけはこの部屋にある他のどれとも違うと認めざるを得ない。『仕方なく受け入れた』ではなく『意識的に飾ってある』もの。

セラフィーナはどんなものでも雑に扱うつもりはないが、特に、壊れて欲しくはないと願う。――大切にしたいと、そう思った。

「お父様たちの命日に、花を届けるとも言ってくれたわね……」

ぽつりと呟き、はっとした。

今月は自分の誕生日。来月には両親の命日。記念日と忌日《きにち》の差異はあるが、どちらも大事な日だ。毎年ヴィンセントは、祝いは盛大に行い、悲しみには寄り添ってくれていた。その二つの日付の前に、もう一つ忘れてはいけない催事が加わっていたことをセラフィーナは唐突に思い出したのだ。

まだ一度も二人で祝ったことのない特別な日。これから先の人生で、何度も幸福を噛み締める一日になるはずだったその日は——

「……私とヴィンセント様の結婚記念日……？」

ああ、そうだ。誕生日のひと月半前、沢山の人々に祝福を受けながら教会で式を挙げた。辛くなるから極力思い出さなかった光景が、まざまざとセラフィーナの脳裏によみがえる。溢れる光、拍手と誓いの言葉。舞い散る花弁。ベール越しに見上げた夫は、言葉に尽くせないほど素敵だった。こんな人と歩んで行けるのかと泣きたくなるほど幸せだったのだ。

セラフィーナは、キャビネットに置かれた香油の瓶を凝視した。偶然だと理性は否定する。しかし常ならぬエヴァンの言動が、セラフィーナに目を背けることを許さなかった。

もしも、あれが結婚記念日の贈り物だとしたら——それは何を意味するのか。あれほどヴィンセントを恨み、セラフィーナを弄んだ人が、二人の婚姻を純粋に祝うわけがない。だとすれば、考えられる可能性は嫌がらせだ。しかしそうと分からぬほどひっそりと置かれた品に、どんな効果があるだろう。セラフィーナが苦しむ顔を見たいのならば、直接手渡して口で言えばよかったのだ。嘲りと共に押しつけられていれば、きっと打ちのめされていたに違いない。

だが、フレッドは別の方法を選択した。ただ静かに紛れこませるようにしてセラフィーナの手元に残された香油の瓶。

「違う……あの人は、フレッドは酷い人なのよ……」

冷酷な極悪人。ヴィンセントを殺めたことを忘れてはならない。千々に乱れる憎悪を掻き立てるために、セラフィーナは夫の最期の姿を思い出そうとした。無残にも階段下に倒れ伏した、愛しい人を。

しかし、わざわざ自分の憎しみを煽らねばならない事実こそ、黒い感情が薄れているせいなのだと悟ってしまった。餌《えさ》を与え育てなければ保てない厭悪《えんお》など間違っている。最初は身の内から湧きあがり、セラフィーナ自身を焼き尽くす勢いで怨嗟《えんさ》が渦巻いていたはずだ。だが今は、嫌悪する理由を並べ立てなければ維持できなくなっている。——それこそが答えのような気がした。

憎むことに疲れ果て、垣間見る一面に決意が揺れる。脆弱なセラフィーナの精神は、楽な方へと流されかかっているのではないか。

「駄目……違う、違うのよ。許すことなど絶対にない。私はヴィンセント様を愛している」

頭痛と吐き気を堪え、悲劇の夜を必死に思い出す。明滅する光の中、浮かびあがるのは悪夢。その中で階段下に横たわる愛しい夫の顔が――

「……え……?」

思い出せなかった。

それだけではない。結婚式でのヴィンセントの表情も霞みがかっていて見えない。交わした会話、服装、何をしてくれたかなどは、鮮明に覚えている。父の用事で屋敷へ訪れていた若い頃や、両親の死を慰めてくれた時のこと、二人きりで出かけた場所も何もかも、忘れるなどあり得ない。けれども、ヴィンセントの顔だけが、絵画と同じに塗り潰されてしまって判然としないのだ。

「ど、どうして……っ?」

ずっと意識的に思い描くことを避けてきたからだろうか。抑圧された生活の中で、一時的に混乱をきたしているのか。

だが考えてみれば、これまでもずっとそうだったのではないか。幸せな過去を思い出すと辛くなるから、強引に記憶に蓋をしているせいだと眼を背けていたけれども、本当は長らくヴィンセントの姿を想い描いていなかった。――いいや、描けなかった。

眠ることなどできなくなって、セラフィーナはベッドを飛び出した。そして隣室に飾られた絵の前に走ってゆく。室内履きも履かないまま、裸足で必死に駆けた。辿りついた壁面に手をついて、真剣に絵を凝視する。

唯一ヴィンセントが描かれた最後の一枚。彼の顔の部分は念入りに塗り潰されていた。あの日、夫が身につけていた上衣の袖口にあしらわれたボタンの彫刻まで眼に焼きついているのに、顔を覚えていないなど考えられない。確かに感激の涙で視界は霞んでいたが、しかしそれだけでは説明できないことが今セラフィーナの中で起こっていた。

「ヴィンセント様……」

名を呼べば、彼はいつも優しく微笑んでくれた。その笑みが——でたらめに絵の具をぶちまけられたように隠されている。微かに隙間から見える欠片を集めても、完成図は曖昧なままだった。セラフィーナは、自分の中から消えてしまった夫を求め、激しく頭を振った。

「こんな……嘘でしょう？　しっかりしなさい……っ」

辛うじて、口元までは思い起こせる。けれども、それだけだ。もっとよく見ようと意識を集中すれば、恐ろしい眩暈に襲われた。

ヴィンセントの癖、好むもの、触れた感触。何もかもがつい昨日のことのように胸に迫る。しかし彼がいるべき場所だけが、ぽっかり空洞になっていた。まるで黒い影になってしまったような夫が虫食い状態で抜けている。熱も息遣いさえも思い出せるのに、首から上だけが指先をすり抜け逃げていった。

「……私は……壊れてしまったの……？」

立っていられなくなった身体は、床に崩れ落ちていた。セラフィーナは愕然としたまま己の掌を見下ろす。

この手で、彼に触れた。髪も、唇も、爪先さえ、ヴィンセントに侵食されていない場所はない。セラフィーナの全身であの人を覚えている。それなのに何故か彼の姿が分からなくなってしまった。

——いない。あの人がどこにもいない。私の中から消えてしまった……

まるで残り香。気配だけを濃厚に残し、本人は消失した。追い求めようにも、去った方角さえセラフィーナには判別できない。

魂の根幹を失った気分で、セラフィーナは虚空《こくう》を見つめていた。

5　嵐の夜

　太陽は中天を過ぎ、風は早くも冷たくなってきていた。

　今頃は、フレッドに連絡がいっているだろうか。エヴァンが叱責を受けていなければいいと頭の片隅では思う。しかし、そんな気遣いもすぐに霧散して、セラフィーナはフードを目深に被り直した。

　肌寒さを感じて、ケープの前を搔き合わせ、俯いたまま足早に人ごみを縫って歩く。追ってくる者の気配は感じられない。それでも立ち止まることは恐ろしくて、ひたすら足を交互に動かしていた。

　セラフィーナが屋敷を逃げ出してから既に数刻。飛び出した先が森の中だったことには絶望感を覚えたが、地面に残された轍《わだち》を辿り、どうにか人々が行き交う街まで辿りつくことができた。知らない場所ではなかったことも、幸運と言える。ここは以前、ヴィンセントと一緒に暮らした街の隣だ。交易が盛んで、何度か買い物に連れてきてもらったことがあった。

つまりは交通の便がすこぶる良く、大勢の人々が行き交うので、皆他人に無関心だ。セラフィーナが顔を隠し、旅人や観光客とは少しばかり違う装いをしていても、気に留める者はいなかった。

昨晩、ヴィンセントの面影をなくした絶望感に打ちひしがれ、セラフィーナは空が白み始めたことにも気がつかなかった。

冷え切った身体は固まってしまったように痛み、痺れた手足は感覚をなくしていたが、天窓から落ちる朝日を無為に見つめている内に、唐突に『今が逃げ出す好機だ』と確信したのだ。

昨日エヴァンは去り際に『明日から三日、あの方はお仕事でこちらにいらっしゃいません』と明かした。代わりに彼女自身が通ってくると。言われた当初は深く意味を考えてみなかったけれど、時が経つほどにこの情報の重要性がじわじわとセラフィーナに沁みてきた。

今までにも、扉を解錠する隙をついて部屋から逃亡を図ったことは何度かある。しかしことごとく失敗していた。大柄なフレッドを躱《かわ》していくことも、倒していくことも女の身では難しかったからだ。相手がエヴァンであれば力負けしないと思うが、彼女が来ることは稀で、しかも日時は決まっていない。その上、大抵セラフィーナが眠っている間に用事を済ませて帰ってしまう。これでは対処のしようがなかった。

けれども今朝は違う。確実にやってくるのはエヴァン一人で、しかもセラフィーナはしっかりと起きていた。昨夜は彼が訪れなかったので、疲れてもいない。これ以上の好機があるだろうか。

セラフィーナは動きやすい格好に着替えると、準備を整えた。キャビネットの上にある紫陽花が描かれた花瓶と、置かれたままの香油の瓶に眼を留め、暫し迷った後、強引に視線を引き剝がす。

換金すればそれなりの金額にはなりそうだが、そんな気にはなれない。荷物にしかならないのならば、置いていくべきだ。しかし資金がなければ早晩行き詰まることは、世間知らずのセラフィーナにも分かっている。罪悪感に駆られつつ、自らの指に嵌まった指輪を見つめた。自分が持つ価値があるものはこれ一つ。ヴィンセントが結婚の証に贈ってくれた宝物。絶対に手放したくはないが、いざとなれば最低の人間になってでも、これをお金に換えよう。

決意を固めて、いつ来るか分からないエヴァンを待ち続けた。扉の横に立ち、今か今かと耳をそばだてて。

廊下を歩く足音が聞こえた時には、全身の血が沸騰するかと思った。緊張感で汗が滲み、鼓動が煩いほどに暴れ狂う。扉は外開き。セラフィーナは足元にシーツを裂いて作った紐を張り、その瞬間を待ち侘びた。

扉の向こうで鍵を取り出す気配がする。狙いすまし、息を吸い、そしてセラフィーナは大きく叫んだ。

「きゃあぁぁぁッ……」

「セラフィーナ様⁉」

案の定、焦った様子のエヴァンは大慌てで部屋に飛びこんできた。足元には眼もやらず、普段ならば物静かな足音を乱れさせる。そして、行く手を阻む紐にまんまと足を掬われて、前のめりに体勢を崩した。

「……ひッ⁉」

したたかに転んだ彼女には申し訳なく思う。せめて怪我をしなかったことを願わずにはいられない。だがセラフィーナは手にしていたもう一本の紐で、痛みに呻くエヴァンの手足を拘束した。

「セラフィーナ様！」

「ごめんなさい、エヴァン。――でも、こうするしかないの」

フレッドに忠実な彼女がセラフィーナの逃亡に手を貸してくれるわけがない。だとすれば、障害として排除する以外に道はなかった。

セラフィーナは謝罪を繰り返しながら、意識的に足首へは緩みを持たせ結び目を作る。時間はかかるに違いないが、懸命にもがけば自力で解くこともできるだろう。そうすれば助けも求められるし、逃げ出せる。いくら何でも三日間、エヴァンを縛り上げ放置しておくわけにはいかない。

口を塞ごうとすると、彼女は身を捩って暴れた。

「おやめください、セラフィーナ様！　何故こんな真似を……ご自分を苦しめるだけですよ……！」

「……このままでは、私は本当におかしくなってしまう……いいえ、もう狂っているのかもしれない。確かめたいの、ちゃんと本当のことを。でもフレッドも貴女も、教えてはくれないでしょう？　それなら、自分で確認しに行くしかないわ……」

「どうか、早まらないでくださいませ。あの方がお戻りになってから……ん、んんーッ」

鼻を避け、エヴァンの口を布で覆った。くぐもった呻きを漏らす彼女を案じ、せめて暖かな毛布をかけてやる。本当はソファかベッドに運んでやりたいところだが、セラフィーナの腕力では到底無理だった。

「……本当にごめんなさい、エヴァン。……さようなら」

この部屋の扉を自ら開けるのは初めてだ。汗ばんだ掌の中でドアノブが滑る。セラフィーナはしっかりと眼を見開き、外の世界へと踏み出した。

あれから懸命に森を抜け街中を走り、見覚えのある建物を見つけた時には叫びだしたい心地だった。方向を確かめ、疲れた足に鞭打ってまた歩く。目指す場所は、ヴィンセントと暮らした屋敷。あそこへ戻れば、きっと彼の全てを思い出せるはずだ。ひょっとしたらセラフィーナに救いの手を差し伸べてくれる者もいるかもしれない。

淡い期待を胸に、途中で指輪は売り払った。大切なものを手放すのは悲しかったが、背に腹は代えられない。纏まった金を握り、セラフィーナは辻馬車を捉まえ目的地へ向かった。もたもたしていては追手に捕まってしまう。見えない追跡者の影に怯える様は、まるで犯罪者だ。

――むしろ私は被害者なのに。――でも、本当に……？

刹那の戦慄が走る。よぎった感覚が何なのかは分からない。ただ、不快なざわめきが身の内で暴れていた。

エヴァンを転ばせて縛りつけたことだけでなく、真に自分は何も悪いことをしていないと言えるだろうか。清く正しいと胸を張って誓えるか。急な不安が胸に広がる。セラフィーナは眼を閉じ、余計なことは考えまいと決めた。

今は、前だけを向こう。諸々の後悔は後でいい。謝罪も贖罪《しょくざい》も後回しにし、停まった馬車から降りた。ここからならば、歩いて行ける。

日暮れの近づいた街は懐かしく、切なくなるほどにヴィンセントとの思い出が溢れていた。ただの石畳でさえ愛おしく感じ、逸る気持ちのまま小走りになる。

あと少し、角を曲がれば屋敷が見える。歓喜に沸いた心が縺れそうになる足を励ました。

「ああ……！」

屋敷は、変わらずそこに在った。以前と同じ堂々とした佇まいのまま。広い玄関ポーチはヴィンセントの拘りで、窓にかけられたカーテンはセラフィーナの拘りだった。昔と同じものが硝子越しに見えて、セラフィーナの瞳から涙が溢れる。

門扉は閉ざされていたが、裏口に回ればいい。以前住んでいたのだから、どこから入れるかなど熟知していた。柵に添って回りこみ、鍵のかかっていない裏門からセラフィーナは敷地内へと潜りこんだ。

ここは使用人たちが出入りするため、昼間は鍵を開けているのだ。そんな習慣も、以前と同じ。ひょっとしたら、悪夢の夜から今日までのことは全て夢ではなかったのか。屋敷の中に入れば幸せだった日々が続いているのではないか。

セラフィーナは、ふらふらと扉へ近づいた。最早、別の誰かに転売されているだとか、空き家になっているなどという発想は思い浮かばず、夢中でドアノブを握り締める。勝手口が開いたことに疑問を覚えることはなく、興奮したまま中へ進んだ。万が一、次の居住者に出くわしてしまえば言い逃れは難しい。警察に突き出されることは間違いないが、そんな冷静さは完全に失われていた。

屋敷の中は、静寂に満ちていた。動くものの気配はなく、空気さえも沈殿している。人の出入りがないことは、そこかしこに置かれた調度品に白い布がかけられていることからも明らかだった。つまり、住む者は誰もいないのだ。

換気のためなのか、窓はいくつか開けられていたが、しかしそれだけ。数日分とは思えない埃が片隅に溜まり、侘びしい気配を作りあげている。

「……誰も……いないの？」

返事はない。返されるのは、圧倒的な無音。時が止まった屋敷の中では、セラフィーナこそが異分子だった。

疲れ切った足を引き摺って、玄関ホールへ転がり出る。もとは白かった床と壁が、今はくすんで見えた。空気を振動させてしまうのではないかというほど、自分の鼓動が暴れ狂う。干上がった喉はカラカラに渇いていた。

セラフィーナの背後には忌まわしい現場が広がっている。すぐに眼を向けられなかったのは、純粋に怖くて堪らなかったから。

ここだ。ここで全てが変わってしまった。永遠に続くと思っていた幸福がたった一晩で断ち切られてしまった。

セラフィーナは、ゆっくりと振り返る。見たくないという本音が、一層動作をぎこちなくした。背後には階段。大きく重厚な作りは、この屋敷の顔に相応しい。華美な装飾は施されずとも、優美な流線型を描く手摺《てす》りや、さりげない意匠が主人であるヴィンセントの気質をよく表していた。

「……あ、ぁあ……」

この場所で、彼は命を落とした。頭から落下して帰らぬ人になってしまった。覚えている。あの夜何があったのか、セラフィーナは忘れたくても忘れられなかった。それなのに――ヴィンセントの最期の顔が、どうしても分からない。痛ましい姿で倒れていたのは眼に焼きついているが、そこから先は闇だった。

自分は、彼に駆け寄らなかったのだろうか。助けようともせず、諦めてしまったのか。――いいや、違う。フレッドが呆然としているセラフィーナに告げたのだ。『あいつは死んだ』と。

靄がかかった夫の姿とは対照的に、フレッドのことは細部まで思い出せた。歪められた口の端も、顰められた眉の形も。それこそ、雨の雫を滴らせながら、額に落ちた前髪の様子まで。

「……ぐっ……」

吐いてしまいたいのを堪え、セラフィーナは二階へ上がった。ヴィンセントが落ちた場所を避け、手摺りにしがみつきながら一段ずつ踏み締める。廊下を奥へ進めば、かつて暮らした自分の居室がある。居間や、娯楽室も。中でも寝室には、必ず『あれ』が残されているはずだ。

片づけられているとは露《つゆ》ほども思わず、セラフィーナは確信をもって目的の場所に辿りついた。勢いよく扉を開け、家具にかけられた白い布を剝ぎ取る。夕暮れの赤い光の中、埃が舞った。

「――――ッ！」

現れたのは、いくつもの絵。どれも大きなものではない。小ぶりで、対象を美化せず正確に写し取ったものがヴィンセントは好きだった。だから、あからさまに媚びを売った画家よりも、誠実な筆を振るう者に好んで依頼していた。

描かれたのは、仲良く寄り添う新米の夫婦。まだぎこちない距離感が微笑ましい、幸福に満ち溢れた一瞬。

一人は勿論、セラフィーナだ。光の加減で紺に見える黒髪と、群青の瞳。椅子に腰かけ、はにかみながらこちらへ視線を向けていた。傍らに立ち、肩に手を置く男への愛情と信頼が、余すことなく表現された素晴らしい作品。

そして隣に立つのは、夫。大きな体軀で堂々と立ち、瞳に滲ませているのは妻への優しさと深い愛情。金の瞳に湛えられた理知的な光は、淡い茶の髪と相まって彼を柔らかな印象に仕上げていた。

「これ、は――」

人の眼を惹きつけずにはいられない美貌。それはセラフィーナのよく知っている姿形だった。当然だ。何年も一緒に暮らし、伴侶となった男なのだから。記憶から抜け落ちるなどあり得ない。ずっと憧れ見つめ続けた唯一の人。

「……フレッド……？」

身も心も自分を支配する、ただ一人の男。

「何故……？　どうなっているの……!?」

別の絵に描かれているのも、全てフレッドだった。仲良くセラフィーナと微笑み合い、手を握っているものまである。彼の子供時代と思われる絵画もあり、最近描かれたものではなかった。日付が入った古いものには年代が感じられ、フレッドの面影を宿した紳士は彼の血縁者だろうか。中にはヴィンセントに引き取られたばかりの頃の、寄る辺ない瞳をしたセラフィーナの姿も飾られていた。

ガンガンと頭が痛む。耳鳴りが鳴り響き、世界はめちゃくちゃに回りだした。

――フレッドがヴィンセント様……？　いいえ、そんなはずはない。だったら、あの日階段から落ちて死んだ男は誰？

定まらない視界に酔い、セラフィーナはベッドに倒れこんだ。たちまち埃が舞い上がり、噎《む》せ返る。息苦しさの中、あの嵐の夜自分に覆い被さった男の顔を思い出していた。

稲妻に浮かびあがった嫌な笑み。雨に濡れた服。耳障りな声――

金の髪に青い瞳をした、太った大柄な男の姿を。

「……！」

ヴィンセントの友人たちの中、少し離れた位置からいつもこちらを卑屈な眼で見ていた男がいた。学生時代からの付き合いと聞いてはいたが、特別仲が良いふうには思えず、セラフィーナは不思議に思ったものだ。実際、他の者たちも扱いかねていたのか、微妙な距離感が彼らの間にはあったように見えた。

『フレッドは少し口下手だから……』

困ったように笑いつつ、夫であるヴィンセントは言った。しかしその後、『二人きりになっては駄目だよ。僕も気をつけるけれど……嫉妬《しっと》深い夫の頼みだと思って、気をつけて欲しい』と小声で付け加えたのだ。

あの時は、冗談だと思った。心配されているのだと嬉しくもあったし、彼から傾けられる妬心《としん》にすっかりときめき、本気で警戒する気にはならなかったのだ。

誰よりも頭がよく、人望があって秀麗なヴィンセント。金の瞳は澄んだ光そのものだった。柔和な笑みでセラフィーナを守り、導いてくれたかけがえのない夫。その彼が雷鳴轟《とどろ》く悪夢の夜、呆然とするセラフィーナに言った。

『――あの男は死んだ。僕が殺したんだ』

あの夜、階段から足を滑らせ命を落としたのは、金の髪と青い瞳を持った太り気味の

『フレッド』。突き飛ばし、死に至らしめてしまったのは、セラフィーナがずっと憧れ思いを寄せていた薄茶の髪に金の瞳を持つ『ヴィンセント』。

いくら事故だとしても、自分を助けるため夫が人を殺めた事実にセラフィーナの脆い精神は耐えきれなかった。『私』さえいなければ――と現実を拒絶し、狂気の向こう側へと転がり落ちた。引き留めてくれたのは他ならぬヴィンセントだった。

『君が悪いんじゃない。全てはセラフィーナを守りきれなかった僕の罪――君は何もしていない。ただの被害者。……僕を恨んで。それでセラフィーナが正気に戻るのなら、一生憎まれても構わない。だから――あの男を殺したのは僕だ。君の夫は、何も罪を犯してはいない。彼は、不幸にも命を落としてしまったから――』

卑怯にも、その言葉に縋った。調律の狂った精神が冷静な判断などできるわけがない。

セラフィーナは、己を守るためだけに事実を捻じ曲げた。殺されたのは『夫』。犯人は『彼の友人』。だから恨む。憎んで憎んで、罪の意識に蓋をした。『被害者』でありさえすれば、本当は『加害者』の自分がヴィンセントを愛することを許されたから。

「あ……ぁ、あ……私は……何てことを……」

身勝手で傲慢なセラフィーナ。彼を身代わりにして自分だけを守った。見当違いの憎悪を滾らせ、現実から眼を背け続けて。

――守られていたんだ……社会から隔絶することで、私が真実を知らないように……

薄汚い己の本性を突きつけられて、もう涙も出てこなかった。愚かな女が被害者面をして、今まで騒いでいたなんて。罪を償うこともせず、助けてもらった礼も言わず、自身の傷を舐めるのに必死だっただけ。甘ったれ泣き暮らしていた姿は、どれほど滑稽だっただろう。それでも、ヴィンセントは支えてくれていたのだ。

彼はセラフィーナの罪と憎しみを引き受けることで、壊れてしまった心を繋ぎとめてくれた。悲哀を押し殺し、たった一人で戦ってくれた。本当ならセラフィーナが背負うべき重荷さえも、その身一つで引き受けて。

「……ヴィンセント様……！」

結婚式を描いた絵画の前で犯された時、夫の名前を呼べと強制された。愛していると口にしろと命令され、快楽の中熱に浮かされてセラフィーナは言われるがまま繰り返した。

あれはきっと、彼の本心からの願いだったのだ。自分に向けた言葉ではないと分かっていても、聞きたかったセラフィーナの想い。愛しい相手はすぐ目の前にいて、触れ合うことも抱き合うこともできるのに、心だけが決定的にすれ違っていた。愛を告げながら、受け取ることも返すこともできない不毛な関係のさなか、それでも聞きたいとヴィンセントは望んでくれたのだ。

一方通行の感情が寂しくて、息もできない。視線は絡んでいるようで、お互いにもっと遠くを見つめていた。

残酷すぎる仕打ちは、間違いなくセラフィーナがしたことだ。『酷い』『人でなし』と彼を罵りながら、実際には己の方がよほど冷酷なことを重ねていたなんて。この罪が許される日は、永遠に来るはずがない。

「……もう、帰れない……っ」

ヴィンセントに謝りたいが、どんな顔で会えばいいのか見当もつかなかった。むしろこのまま姿を消すことだけが、彼にしてあげられる最後のことだ。どこかでひっそりと自分の罪と向き合いこの生を終わらせる。考えつく答えは、これだけだった。他にどうすれば償えるのか分からず、何度も謝罪を繰り返す。

「ごめんなさい……ごめんなさい……ヴィンセント様……」

彼は怒っているだろうか……苦しめるだけの妻に呆れ果て持て余しているだろうか……一日でも早く、ヴィンセントの傷が癒えればいいと願う。あれほど愛情深く素晴らしい人だから、いつか自分以外の誰かが彼を支えてくれるだろう。もう隣には立てないセラフィーナではなく、聡明で強い相応しい女性が。

想像するだけで胸が痛い。物心ついた頃から、憧れ続けた人の横に別の女性が寄り添うなんて、悪夢以外の何ものでもなかった。もしかしたら、これこそがセラフィーナが受けるべき罰なのかもしれない。だとすれば、きちんとけじめをつけよう。最後くらい、迷惑をかけないように。

「……ああ、ちゃんと離婚して……出ていかなくちゃ……」

「――誰と、離婚するって？」

誰もいないはずの室内に、低い声が響いた。開けっ放しになっていたドアから大柄な人影が入ってくる。セラフィーナは呆けたまま彼を見返していた。

「ヴィンセント様……」

ピクリと彼の眉が動く。セラフィーナが正しい名前で呼んだことに、全てを悟ったらしい。金の瞳によぎったのは悲しみ。妻が辿りついてしまった真実に、深い溜め息を吐く。

「セラフィーナ……忘れたままで、良かったのに」

「それでは……っ、私は全てを貴方に押しつけていただけです……！」

「……構わなかったんだよ。君が、傍にいてくれているのなら。……全ては、心を閉ざしてしまったセラフィーナを見ていられなかった僕の身勝手さが始まりだから」

大きな手に頬を撫でられ、ようやく自分が涙を流していることに気がついた。どこまでも狡《ずる》いセラフィーナは、一番苦しんでいるヴィンセントより先に泣いてしまった。そのつもりはなくとも慰めさせ、彼に強くあることを求めている。分かっていても、溢れる涙は止まらなかった。

「私のせいで……貴方を殺人者にしてしまった……ヴィンセント様は、私を助けようとしてくださっただけなのに……っ」

「――……あれは事故だ。警察の捜査でも、正式に証明されている。だから今僕は罪に問われることなくここにいられる。それに元の原因を作ったのはフレッドの方だ」

「でも……！」

優しすぎる彼は、この期に及んでもセラフィーナを庇おうとしてくれた。抱き締めてくれる腕の中、包みこまれる温かさが心地いい。しかし甘えてはいけないとセラフィーナは必死に頭を振った。

「ずっと、誤解していました。いいえ、自分に都合よく作りあげた偽りの中で、悲嘆に浸っていたのです。その方が楽だったから……！」

醜く卑怯な加害者が、心底己を憐れんで、庇護されるのを享受していた。こんな馬鹿げた話があるだろうか。我がことながら、吐き気がする。セラフィーナにはもう、ヴィンセントの隣にいる資格も優しくしてもらう権利もないのだ。蔑まれ責められても仕方ない。それだけのことをしてしまった。

「私は……私は、もう……お願いします……――離婚してください」

できるのは、彼を解放してあげることだけ。他には何もない。役に立たないどころか足手纏いの妻など、いない方がいい。セラフィーナはこれ以上ヴィンセントの汚点にならないよう、速やかに身を引く決意をした。

「……僕から逃げるのか？」

低く、掠れた声が絞り出される。感情の失せた声音に驚きセラフィーナが顔を上げれば、高い位置からこちらを見下ろす彼がいた。冷えた金の眼差しの中、吹き荒れる雪原が広がっている。

「ヴィンセント様……？」

「駄目だよ、セラフィーナ。それは許さない。僕はどんな手段を用いても、君を失いたくはない。――――そう、嘘の檻の中に愛する人を閉じ込めてでも」

拘束が強くなる。抱き締められていると言うよりも、全身で囚われていた。鋭い眼差しに射竦められ、瞬き一つできやしない。視線はヴィンセントに縫いとめられていた。

「セラフィーナが僕から離れたいと願うなら、今度は君の罪悪感を利用しよう。ねぇ、セラフィーナ。君は僕を捨てるのか？　愛する妻のためにこの手を汚した僕を？」

それは優しい脅迫だった。睦言に似た甘さで、退路を塞がれる。彼が本気でセラフィーナを糾弾したいわけではないことは知っているし、むしろ罪悪から最も遠ざけて守りたいと願ってくれていることも承知の上だ。だが、そんな心情さえ乗り越えて、セラフィーナを縛りつけようとしてくれた。傍にいていい理由を作ろうとしてくれている。そこに愛情を感じるなと言う方が無理だった。

「駄目です……、そんなふうに言われたら私はまた甘えてしまいます……！　ヴィンセント様の重荷にだけは、なりたくないのに」

「甘えればいい。重荷になんてならないよ。セラフィーナがいない空虚な生を、生きるつもりはないから」

「私を惑わせないでください……っ！」

ならば一緒に死のうか、と耳元で囁かれた。恐ろしい提案が、極上の誘惑に聞こえる。二人でなら、行き着く先が地獄でも構わないとヴィンセントの眼差しが語っていた。

「セラフィーナがいない世界など、一片の意味もない。君がいらないと言うなら、僕には何の価値もないんだよ」

「ヴィンセント様……」

嬉しいと感じる自分は、救いようもなく罪深いのだろう。大切な人に罪を犯させ、自身は妄想の中へ逃げこんだ。お門違いの憎しみを吐き散らすことで、向き合うことさえ放棄した。そんな悪人が彼のような高潔な人間と同じ場所に行けるはずがない。きっといつか天罰はくだる。けれども、セラフィーナを救えるのはヴィンセントだけだ。信仰の中にいる神様ではない。救われたいと願うのも、愛しい彼にだけ。

「僕のせいにして。囚われて逃げられないからだと恨めばいい」

「……どう、して……そこまでっ……」

ヴィンセントを突き放すべきセラフィーナの手は、彼の服を摑んでしまっていた。理性よりも正直な心が、離れたくないと叫んでいる。一緒に堕ちてしまいたいと望んでいた。

独りで行くべき地獄に、彼を巻きこんではいけない。忠告する自分の声を力にしてセラフィーナは頷きそうになるのを必死で耐えた。

「愛しているから」

けれど、ヴィンセントの一言で固かったはずの決意は脆くも崩れ去る。見開かれた視界の中、セラフィーナを映す黄金に魅入られていた。

「セラフィーナを愛している。僕らは神の前で誓ったはずだ。これから先、どんな時も支え合い寄り添って生きていこうと。あれは嘘だったのか？」

「違……っ、嘘なんて吐いていません……私は、ずっとヴィンセント様を……」

「それなら、何も問題はない。さっきも言ったけれど、フレッドの件は正式に解決している。君が気に病むことは、ないんだよ。もっとも、そう言われてもセラフィーナは完全には割り切れないかもしれないが……」

こちらの性格を熟知している彼は、苦笑しながら言った。困ったように眉根を寄せる表情は、昔と変わらない。何故、忘れていられたのだろう。無為に失った月日を想い、セラフィーナは自分からヴィンセントに抱きついた。

「ごめんなさい……っ、ごめんなさい、ヴィンセント様……！」

「謝らなくていい。僕が望んだことだから」

「でも……っ」

失ったと思っていたものは、ずっとセラフィーナの傍にあった。それどころか、包まれていたのだ。眼を閉じ耳を塞いでいたから分からなかった。喪失感にばかり気を取られ、なくしたと思いこんでいただけ。

逞しい腕に抱かれ、セラフィーナはようやく帰って来たのだと実感する。狂おしく求めていた愛しい人のところに。でも、これだけは聞いておかなければならない。

「――教えてください。私は他にどんな酷いことを貴方にしましたか？　私の犯した罪を、どうぞ全て教えてください……！　忘れてしまっていることが、他にもある気がするのです……！」

「……何も。君は傍にいてくれた。会話をし、その瞳に僕を映してくれた。セラフィーナの世界から僕を締め出さず、『ヴィンセントを愛している』と言ってくれたじゃないか」

そんなことは免罪符にならない。セラフィーナは涙で霞む視界を拭い、彼の胸へ顔を擦りつけた。ヴィンセントの服に、涙が染みこんでゆく。きっとこれまでもこうして、ずっと人知れずセラフィーナの悲嘆を受け止めてくれていたのだ。彼自身の痛みを後回しにして――

「ごめんなさい……っ」

縋るべきではないと頭では理解している。枷にしかならないセラフィーナの存在はヴィンセントにとって邪魔なものだ。けれども、彼の身体を押し返さなければならない腕は、頑なに解けなかった。むしろ強くヴィンセントの背を掻き抱く。

二度と会えないと思っていた人が、今眼の前にいる。触れることも会話することも叶わないと諦めていた愛しい人がこの場にいるのだ。手を伸ばすな、と言う方が無理だった。

「どうして謝るんだ」

「ごめんなさい……本当はどうするのが正しいのか分かっています……でも、どうしても貴方が好き……ヴィンセント様を愛しています……っ」

息を呑む音が、頭上からした。セラフィーナの肩や腰に回されていた彼の腕に、刹那の緊張が走る。そして、緩やかに抱き直された。壊れ物をそっと包みこむように。

「やっと聞けた……君の言葉で、ちゃんと僕に向けられた本当の気持ちを……もう離さない……セラフィーナ、二度と手の届かないところへ行かないでくれ」

「……離れたくないと願う私を許してください。どこにも行きません。私はヴィンセント様と一緒にいたい……！」

「ああ……やっと君を取り戻した」

僅かな隙間も作りたくなくて、力いっぱい抱擁《ほうよう》した。背がしなり、苦しくても気にならない。痛みさえ幸福なものだ。彼が与えてくれるものならば、全ては喜びでしかない。

悲劇が起きる前もその後も、今まで数え切れないくらい抱き合ってきたけれど、セラフィーナは今日ほど心が重なったと感じられる日はなかった。ぴったりと寄り添うのは、身体だけではない。剝《む》き出しの魂ごと包まれている気がした。言葉は時に不自由で、想いの全てを伝えることは難しい。『好き』『愛している』という好意を告げる単語だけでは、到底溢れる感情を伝えきれなかった。

ヴィンセントも同じなのか、全身全霊でセラフィーナに愛を囁いてくれる。熱い吐息と身体、潤む瞳、速まる鼓動。全てが雄弁に教えてくれた。彼がどれだけ深く激しく、セラフィーナを想ってくれているのかを。

固く抱き合ったままどれだけ時間が経ったのか。セラフィーナはひとしきり泣いた後、すっかり日の落ちた室内でヴィンセントを見上げた。

「あの……エヴァンは、彼女は大丈夫でしたか？　私のせいで怪我などしていませんか……？」

夢中で逃げ出してしまったが、エヴァンには酷いことをしてしまった。セラフィーナが恐る恐る尋ねると、彼は片眉を引き上げて微かに笑った。

「まさか君があんな大胆な真似をするとは思わなかったな。エヴァンも随分驚いていたし、手際が良かったと褒めていたよ。どこで練習したんだい？」

「そ、そんな……！　とんでもない。私、無我夢中で……それよりも、エヴァンは……」

「彼女なら、無事だ。足首を縛っていた紐が簡単に解けたから、すぐに助けを呼べたらしい」

下も絨毯だったから擦り傷一つ負っていないと告げられ、安心した。しかし改めて直接謝らなければ。転ばせて拘束したことに変わりはない。

「それにしても、ヴィンセント様はどうしてこんなに早く、私の行き先を突き止められたのですか……？」

「ああ、それはこの屋敷の管理を任せている男が、連絡をくれたからさ。彼は以前ここで働いていたから、セラフィーナのこともよく知っている。たまたま換気と掃除のために訪れたら、君が来たから仰天して僕に連絡を寄越したんだ」

普段は無人の屋敷は施錠され、裏口も開いていないらしい。月に一度管理人としてやってくる男がいるだけで。だから、今日という日にここへ辿りついたセラフィーナは、ある意味運がいいのかもしれない。

「それは……随分驚かせてしまったでしょうね」

自分の状態が尋常でなかった自覚はある。幽鬼《ゆうき》のように邸内をさまよったことも分かっている。さぞや気味が悪かったに違いない。

「裏で草を刈った道具を片づけている最中だったそうだが、声をかけない方がいいと判断したらしい。迅速に連絡をくれて助かったよ」

否定をせずにそう言われ、セラフィーナは赤面した。その男性にも謝らなければならない。

「皆に迷惑をかけて……申し訳ありません」

「二人とも、僕たちの結婚を祝福し、ずっと君を案じてくれていた。過程はどうあれ、喜んでくれるさ」

解け始めた記憶の糸が、過去の映像を手繰り寄せる。その中には、セラフィーナが立派な女主人になれるよう支えてくれたエヴァンがいた。厳しくも優しい彼女に亡くした母親を重ねていたことも思い出す。屋敷の管理を任されていた男性も、きっと見知っている人だろう。

「沢山の大事なものや時間を忘れていたのね……」

自ら投げ捨てた宝物を、ようやく取り戻した喜びが胸に迫った。最たるものは、今も固く抱き合うヴィンセント。セラフィーナは湧きあがる衝動のままキスを強請った。

「……君から誘われるなんて、初めてだ」

「……ご、ごめんなさい」

「謝らないで。嬉しいだけだから」

淫らであることを指摘されたようで身を引きかければ、彼は啄むキスを贈ってくれた。額、目蓋、耳と頬。位置を変えて何度も触れる唇。柔らかく温かな刺激に、息が弾んだ。

明かりは夜空に浮かぶ月と星だけ。かなり顔を寄せ合わなければ、表情など窺えない。手探りに近い状況の中、何故かセラフィーナには手に取るようにヴィンセントの感情が理解できた。たぶんそれは、自分とまったく同じだと想像できたからだ。相手が欲しくて堪らず、今すぐ何ものにも邪魔されずにお互いを感じたいという渇望《かつぼう》を。

「……寒いな。窓を閉めよう」

換気のために開け放たれていた窓は、二人がいるせいで閉じられなかったらしい。管理人の気遣いがありがたくも恥ずかしく、セラフィーナはますます頬を赤らめた。

窓を閉じるために立ちあがったヴィンセントの背中にぴったりとくっつき、僅かな時間でさえも離れたくないと彼の腰に腕を回す。動きづらいだろうが、ヴィンセントは咎めることはしなかった。むしろ愛おしそうに髪を撫でてくれた。

「セラフィーナ、あまりいじらしいと、僕の箍《たが》が外れてしまうかもしれないよ？」

「……外れても、いいです。だってやっと『貴方』と過ごせるのだもの……」

客観的に見れば、セラフィーナはずっとヴィンセントと一緒だった。身体を重ねたのも彼とだけ。しかしセラフィーナ自身の認識上では違った。現実を歪めてしまったあの日から、一番愛おしい人を失ってしまったのだ。

だから、『夫』に触れるのは、随分久し振りだった。

「セラフィーナ……？」

「愛しています。今も昔も、ヴィンセント様だけを……」

彼の身体に力が籠ったと感じた次の瞬間には、ベッドに押し倒されていた。ヴィンセントは器用に白い布を引き剝がし、床に投げ捨てる。下から現れた懐かしいベッドの感触に、セラフィーナは小さく息を漏らした。

今は夜に沈んで見えないけれど、天井にはよく知る模様が広がっているだろう。中央にはシャンデリアがかかっている。この場所からいつも彼の肩越しに見ていた光景が、まざまざとよみがえる。一つ思い出せば、また次の記憶が掘り起こされた。

「……勝手に貴方を遠くへ追いやってごめんなさい……っ」

「もう終わったことだよ、セラフィーナ。これからは、未来について考えよう。罪の意識が拭えないのなら、僕のために尚更そうして欲しい」

これ以上甘やかされてはいけないと己を律しても、身体を辿るヴィンセントの手に思考は乱された。愛する人に触れられていると自覚するだけで、まったく違う疼きがセラフィーナの内側で生まれる。監禁されていた時とは何もかもが別ものだった。

それはたぶん、彼自身にも変化があったからだ。

セラフィーナのために憎まれる人物を演じる必要は最早なく、叩きつけるのではなく与える快楽。共に分け合い、手を取り合って愛情を確かめ合う行為。『愛おしい』という想いを隠すことなく言葉で、視線で雄弁に伝えてくれた。

「ヴィンセント様……っ」

ドレスは脱がされ、お互い生まれたままの姿で抱き合った。頑なに服を纏ったままだったヴィンセントが、今夜は肌を晒している。随分久し振りに見る彼の裸身に、セラフィーナは全身が発熱するかのような羞恥を覚えた。

「どうした？」

「だ、だって、恥ずかしい……」

「見えないのに？　それとも服を着たままの方が良かった？」

「そういう問題ではありません……！」

あえて言葉にされると、尚更居た堪れない。からかう響きのある声にセラフィーナがむくれれば、ヴィンセントが額をくっつけてきた。

「怒った顔も泣き顔も可愛いけれど、できればセラフィーナの笑顔を見せて欲しい。長いこと、お預けだったから。この近さなら、ちゃんと見える」

「あ……」

長い間笑顔など忘れるほどに、心を歪めてしまっていた。セラフィーナは口の端に力をこめ、彼の要望に応えようとする。意識すると笑顔は難しい。とても中途半端なものになってしまったが、ヴィンセントは満足気に眼元を綻ばせてくれた。セラフィーナにとっても、彼の穏やかな笑みは涙が出るほど嬉しいものだ。噛み締めるように、彼の頬に触れていた。

「愛しているよ、セラフィーナ」

手探りの愛撫に胸を掬われ、脚の付け根を開かれる。乳房の頂と花弁から愉悦を送りこまれ、瞬く間に全身に汗が浮いた。否定する必要のない悦楽を、誰にもはばかることなく享受する。セラフィーナは素直に鳴きながら彼の背中へ手を回した。

逞しい筋肉が皮膚の下で躍動《やくどう》している。それら全ては自分を求めるが故だ。伝う汗さえも渇望の証に思え、胸がいっぱいになった。

「……ふ、ぁ……」

「もっと声を聞かせて。セラフィーナ」

視覚に頼れない分、聴覚が研ぎ澄まされる。相手の呼吸に合わせて手足を絡ませ、唇を求め、キスを交わした。口にはせずに身体で想いを伝え、余裕なくお互いの身体に触れ合えば、不思議と余計に貪欲さが増した。

もっと、際限なくヴィンセントが欲しくて堪らない。先ほどから疼いて仕方ない場所を、彼に埋めて欲しかった。

「あ、ぁッ……あ」

指で掻き混ぜられた蜜が淫靡《いんび》な音を奏でている。恥ずかしい音色さえ、セラフィーナを煽るものでしかなく、頭の中はヴィンセントでいっぱいだった。他には何も考えられない。いや、考えたくない。全身全霊で彼だけを感じていたかった。

大胆に開いた脚の間にヴィンセントが入りこみ、セラフィーナの片脚が彼の肩に担がれる。濡れそぼった入り口に据えられた硬いものの気配に、ゾクゾクと背筋が震えた。

「んんッ……」

ぬるりと滑《ぬめ》った切っ先が、敏感な花芯を掠める。そのまま前後に動かされ、屹立の括《くび》れに肉芽が弄ばれた。

「ゃ、ああ……それ、はッ……」

気持ちがいい、けれどもセラフィーナの期待には届かない。腹の奥に燻る熱は一層高まり、発散されないことで尚更大きくなっていた。ぐりぐりと押し潰された淫芽はますます硬くなり、赤く色づいて存在を主張する。蜜を纏って卑猥に頭を覗かせていた。

「嫌？」

「嫌じゃありませ……っ、あ、ぅッ、で、でも……！」

問いかけながらもヴィンセントは腰を動かし続ける。ぬちゅ、といやらしい水音がどんどん激しくなっていった。

「どうして欲しい？　セラフィーナが嫌がることは二度としたくないから、教えて欲しい」

「意地悪……！」

これはたぶん、拒絶と否定ばかりを繰り返してきたセラフィーナへのお仕置きだ。ヴィンセントは、わざと卑猥なことを言わせようとしている。もしもはっきり望みを口にしなければ、この甘い責苦をずっと続けるつもりに違いない。

「や……ぁ、あんッ」

あと少しで入りこみそうな危うい位置で、花弁の縁だけを思わせぶりになぞられた。すっかり高められたセラフィーナの身体は、自らヴィンセントの昂ぶりを求めて腰を揺らす。淫らな動きがベッドを軋ませ、雄弁に飢えを訴えていた。それなのに、彼は決定的なものを与えてはくれないのだ。

「このまま、一人で達してみるかい？」

「嫌……っ、一緒に……」

強引に押し上げられる絶頂はもう味わいたくなかった。欲しいのは、一体感。愛されているという実感。自分ばかり気持ちがいいのではなく、彼と快楽を共有したかった。

考えてみれば、偽りの中でさえ、ヴィンセントはセラフィーナの快感を優先していた。乱暴に思えても、目的は彼自身の欲を晴らすことではなかった気がする。慈しまれていたのだと、今は分かる。それでも、求めるものとは違っていた。

「ヴィンセント様も……！」

「……は……っ」

色香の滴る吐息を漏らし、彼はセラフィーナの脚を抱え直した。ぽとりと落ちた汗の雫に、覆い被さってこられたことを知る。暗がりの中で泳いだ手は、しっかりとヴィンセントに繋がれた。

「ふ、ぁああっ……」

隘路を一息に突き上げられて、セラフィーナは爪先まで強張らせた。内側を満たされただけで目蓋の裏に光が瞬く。無意識に上へ逃げた身体は、力強い腕に引き戻されていた。

「逃げるな……っ」

「あ、ぁあ……んッ、やあっ……」

逃げるつもりなど毛頭ないのに、最奥を嬲られると勝手に腰が戦慄いてしまう。強すぎる刺激を逸らそうとする意識とは裏腹に、セラフィーナの内壁は貪欲にヴィンセントを締めつけた。

「セラフィーナ……っ、そんなに待ちきれなかった……？」

「待って……まだ動かないでくださ……アッ、ゃああ……っ」

今までとは比べものにならない淫悦が全身を支配する。濡れた襞に剛直が密着するだけで、髪を振り乱す悦楽に襲われた。自分の中に彼がいると思うと快感に拍車がかかり、わけが分からなくなる。セラフィーナは白い腹を波立たせた。

「そのお願いは、残念だけれど聞いてあげられない」

「ああ……っ」

引き抜かれた屹立が、再び押しこまれる。角度を変え抉られたせいで、また新しい愉悦が弾けた。お腹の中を容赦なく掻きまわされて、閉じられなくなったセラフィーナの口の端からは唾液が伝い、丸まった爪先が宙を踊る。ヴィンセントが腰を引けば喪失感に苛まれ、穿たれれば充足感に喘いだ。

苦しいほどの嵐の中、繋いだ手とは逆の手を、彼の頬、肩から背中へと滑らせてゆく。ヴィンセントの形を確かめ、己の中に刻みこむように。

「……ぁあッ、ぅ、ひ、あ……っ」

セラフィーナは激しく揺さぶられながらも彼の優しさと愛情はきちんと感じていた。労わりの滲む手つきで髪を撫でられ、宥めるキスを至るところに贈られる。一方的なものではなく、こちらからも想いを伝えたくて、自ら舌を積極的に絡めた。

以前の自分からは考えられない大胆さでヴィンセントを求める。ひたすら受け身だった過去の少女はもうどこにもいない。弱々しく守られるだけの子供から、セラフィーナは一人の女へと変貌を遂げていた。言葉だけでなく、眼差しや身体の全てで彼への愛情を伝えたい。恥ずかしさよりもヴィンセントに喜んで欲しくて、彼の望み通り素直に鳴いた。

「あ、ぁあ……っ、ァあ……ヴィンセント様……っ！」

「セラフィーナ……何て淫らで綺麗なんだ……」

膨らんだ花芽が擦られて、限界を振り切られる。一気に高まった快感がセラフィーナの中で弾けた。

「あぁー……っ」

「……っ」

一瞬遅れて、ヴィンセントが低く呻いた。根元まで収められた昂ぶりが、ビクビクと跳ねる。行き止まりをこじあけるように密着した切っ先から、直接腹の中へ熱液を注がれた。

「……ん、ぁ、あ……」

吐き出された白濁に体内を叩かれて、セラフィーナは幾度も絶頂へ達した。強い快感が去る気配もなく、何度も押し寄せる。太腿がぶるぶると震え、硬直した指先は彼の脇腹辺りへ爪を立てていた。

「……？」

霞む意識の中、微かに感じた違和感。セラフィーナは強張る手で、『それ』を探した。指先に感じた奇妙な感触を反芻《はんすう》する。滑らかなヴィンセントの肌の上、何か引っかかりを感じた。凹凸《おうとつ》のような線のような……しいて言うなら、彼には似つかわしくない傷痕。

ヴィンセントの裸体は碌に見たことがないけれど、かつてそんな無粋な存在はなかったと思う。

「愛している……セラフィーナ……」

しかし、やんわりと手を取られ指先に口づけられれば、疑問は霧散してしまった。小さなことなど、どうでもいい。今この瞬間の幸福感には無関係なことだ。

「新しい指輪を買いに行こう。君に似合う、最高のものを」

白い痕だけが残るセラフィーナの指に軽く歯を立て、ヴィンセントが言う。旅費を作るために売り払ってしまったことを思い出しセラフィーナが慌てると、彼は「新しい結婚生活が始まるのだから、新調するのは当然だ」と笑った。

「……ごめんなさい……」

「記憶を取り戻してから君は、謝ってばかりだ。僕が聞きたいのはそんな言葉じゃないよ」

求められているものが何なのか、考えなくても分かる。セラフィーナは未だ快楽に震える喉に力をこめた。

「……愛しています。ヴィンセント様……ありがとうございます」

「うん。――ずっと、それが聞きたかった」

逞しい胸の中に包まれて、極上の眠りに誘われる予感をセラフィーナは噛み締めていた。

窓から差し込む月光に誘われ、四角く切り取られた夜を仰ぐ。空には、満月に一歩及ばない欠けた月がかかっていた。

6　新しい生活の始まりと終わり

引っ越しは、翌日から始められた。

もともと住んでいた屋敷なのだから、家財道具は揃っている。掃除をして日用品を運びこめば、すぐにでも居住は可能だ。問題は、暇を出してしまっていた使用人の確保だった。

「エヴァンと管理を任せていた男以外は皆、他の就職口を紹介してしまったから呼び戻すのは難しいな」

心を閉ざしてしまったセラフィーナの姿を大勢の使用人に見せるのが忍びなく、通常の賃金の数倍を支払ってほぼ全員解雇したと言う。以来、ヴィンセント自身はほとんど職場に寝泊まりしていたらしい。

「あの屋敷には、君との思い出が溢れている……一人で暮らすには、辛すぎた」

手放すことも考えたそうだが、二人で選んだ調度品やセラフィーナの希望を取り入れた造りを、他人に譲り渡す気にはどうしてもなれなかったと彼は語った。

「大切に……思ってくださったのですね。ありがとうございます。ヴィンセント様」

セラフィーナにとっても、彼の心遣いは嬉しかった。カーテン一つ付け替えず、そのまま残してくれたことが、ヴィンセントの真心そのものに感じられる。

「当面は人手が足りないかもしれないが、戻って働きたいと言ってくれている者もいるから、暫くの辛抱だな」

「私、大抵のことは自分でできます。皆の手を煩わせないように努力して、社交も頑張ります。……それに、嬉しいんです。あの頃の私はヴィンセント様の妻としてあまりにも頼りなくて、皆に疎ましがられていると思っていたから……」

微妙な立場の居候から突然女主人になり、戸惑ったのは誰よりもセラフィーナだった。それまではどこか『お客様』扱いだったのが、たった一日で『雇用主の家族』に変わったのだ。屋敷の中のことを采配しなければならないが、見本となる母は既に亡く、ヴィンセントの母親もとうに亡くなっていた。つまりは、どうすればいいのか教えてくれる者が誰もいなかったのだ。

結局、僅かひと月の結婚生活ではエヴァンに心配をかけるばかりで、セラフィーナは使用人たちのよき女主人にはなれなかった。

「皆、どう接していいのか分からなかっただけで、君を嫌っていたわけではない」

「ええ。今は、そう思えます」

少しは大人になれたのか、昔よりも周りを見る余裕が生まれた。強くなりたいと心の底から願う。これからはヴィンセントの妻として、しっかりしなければ。箱の中で守られるだけではなく、共に歩めるよう信頼される存在になりたかった。

「落ち着いたら、セラフィーナのご両親に報告に行こう」

「はい。きっと心配をかけてしまいましたね……それから、あの……フレッドが埋葬《まいそう》された場所にも……行きたいのですが……」

「え？」

言葉を選びながらセラフィーナが告げると、ヴィンセントは眉間に皺を寄せた。耳障りな名を耳にしたと言わんばかりに不快感を隠そうともしない。彼の剣幕に若干慄きながらも、セラフィーナは毅然と背筋を伸ばした。

「どんな理由があったにせよ、あの方の死に私がまったく関係なかったとは思えません。過去としっかり向き合うために、足を運び花を手向《たむ》けたいのです」

「お人好しすぎる。君は自分が何をされたのか、忘れてしまったのか？　僕は、未だにあいつを許す気にはなれない。おそらく一生……この怒りが消えることはない。もしも不要な罪悪感から言っているのなら、許可はしない」

握り締められたヴィンセントの拳に、セラフィーナは手を重ねた。

あれは不幸な事故だし、きっと自分以上にヴィンセントの方が傷ついている。だからこそ、同じ痛みを背負いたいのだ。今まで彼にだけ押しつけていたものの重みを、しっかりと感じたかった。

「私は、強くなりたいのです。いいえ、ならなければいけない。もう弱さを理由にして、都合のいい妄想の中へ逃げこむ卑怯者にはなりたくありません。だから行かせてください。ヴィンセント様の妻として相応しく生きるためにも」

「……君は、今のままで充分、僕の妻だよ。セラフィーナ以上の女性なんて、他にはいない」

彼が守ってくれようとしていることは分かっていた。ありがたいとも嬉しいとも思う。安全な箱の中、真綿に包まれていることは楽だ。そんな世界しか知らなければ、疑問も持たなかったかもしれない。けれども、セラフィーナの箱庭は、一度粉々に砕かれてしまった。もう、無垢《むく》なままの少女ではいられない。いてはいけないのだ。

「貴方に頼り切るばかりではなく、しっかり自分の足で立ちたいのです。そのためにもまずは、己のしたことをきちんと見据えないといけません」

他者の命を潰えさせた罪は重い。フレッドにだって家族はいたはずだ。そこから眼を背けていい理由はなかった。

「――君は、変わったたね。何だか急に大人になったみたいだ」

「本当なら、もっと早くに大人にならなければいけませんでした。いつまでも居心地のいい子供のままで甘えていたから、今回の悲劇を引き起こしてしまったのだと、反省しています」

いくら年齢を重ねても、成長しようとしない限り同じ場所に留まったまま。セラフィーナは今ようやく気がついた気がする。

「……あの屋敷に閉じ込められている間、作りあげた思いこみの中で、考える時間は沢山ありました。ぐるぐる同じところを回っているだけだったけれど、それでも這うような速度で多少は前に進めたと思います。今考えれば、私にとって必要な時間だったのかもしれません。……二度と、戻りたくはありませんけど」

肩を竦めて冗談めかせば、険しい顔をしていたヴィンセントも笑ってくれた。仕方がないと渋々ながらセラフィーナの意見に頷く。

「君の気持ちは分かった。準備が整い次第、一緒に行こう」

「ありがとうございます。ヴィンセント様」

セラフィーナはほっと息を吐いた。彼に何かを強く主張したのは、これが初めてだった。ずっとヴィンセントに嫌われたくない一心で、彼の言葉に従い、反対意見を述べることもなかったから。そもそも彼の意に添わないことをするなど、発想さえ持っていなかった。いつだって盲目的に頷くだけ。それでは本当に人生の伴侶と言えるだろうか？

「でもまずは元の生活を取り戻すことからだ。……君は随分痩せてしまった」

頬に口づけられ、腰を抱かれた。

碌に動きもせず食欲もなかったセラフィーナの身体は、以前と比べすっかりやつれてしまっている。具体的に不調があるわけではないが、ヴィンセントにとっては痛ましい限りなのだろう。セラフィーナ自身、肉の落ちた手足を眺め、頷いた。

「そうですね……昨日のことで体力が落ちているのは痛感いたしました」

「暫くは、ゆっくり療養するように」

「大袈裟です。今までも、療養していたのと変わらない生活でしたし……」

言いかけて、セラフィーナは気がついた。自分で思うよりもずっと、彼が心配してくれていることに。考えてみれば、セラフィーナが現実を拒絶している間、ヴィンセントは誰よりも間近で見守ってくれたのだ。妄想を事実と思いこむ妻を目の当たりにして、何度心が折れそうになったことだろう。きっと、想像を絶する苦しみだったはず。少しばかり過保護になっても、仕方ない。

「……ヴィンセント様の言いつけ通りにいたします」

「そうしてくれ。食事の量も増やさなければ。肉を中心にしたメニューでいいね？」

「ヴィンセント様、奥様にあまり無理をさせないでください」

懐かしい我が家でセラフィーナたちが寄り添って立っていると、背後から呆れを滲ませた声がかけられた。咎める響きには、喜びも混じっている。

「エヴァン、酷い言い草だな」

「奥様はお疲れです。椅子におかけになっていただいた方がよろしいのではないですか」

ヴィンセントの腕の中から回収されたセラフィーナは、エヴァンにより椅子に座らせられた。手際よく膝掛けが用意され、傍らのテーブルにはお茶とお菓子まで並べられている。

「ご休憩なさいませ」

「あ、ありがとう。エヴァン」

笑顔もなくてきぱきと世話を焼かれると、快く思われていないのかと萎縮しそうになるが、彼女にとっては無表情が平常なのだと知った今では、セラフィーナは素直に笑顔になれた。ありがたく美味しい紅茶を口に含む。

「貴女にも、沢山迷惑をかけたわ……本当にごめんなさい」

「それは、何度もお聞きしました。私は気にしておりません。……お二人が幸せになってくださるのでしたら、何も言うことはありません」

むしろ無愛想で突き放した言い方だが、根底には優しさが溢れている。見守り続けてくれた彼女には感謝しかなかった。

「私は幸せ者ね。こんなに大切にされて、愛されている」

随分回り道をしたが、辿りついた答えにセラフィーナは涙腺が緩むのを感じた。彼らを、くはなかった。
二度と裏切りたくない。記憶の外に追い出して、大事な宝物まで忘却の彼方に捨て去りた
「でも、いつまでも私を甘やかさないで。今度こそ、責任を果たしたいの。エヴァン、
色々教えてちょうだい。厳しいくらいで丁度いいわ。だって一年も無駄にしてしまったの
だから」
　結婚式を挙げてから、フレッドの死まで約一か月。あと数日でセラフィーナの誕生日
だった。更にその翌月には両親の命日を迎えるはずだったのだ。そんな大切な日を、去年
の自分は思い出す余裕もなかった。
「結局、結婚記念日もきちんと祝えなかったし……来年は私もしっかりと準備をします。
期待していてください、ヴィンセント様。エヴァンも協力してくれる？　——エヴァ
ン？」
　返事がないことを不思議に思い、セラフィーナは傍らに立つ彼女を見上げた。普段ほと
んど感情を表さないエヴァンだが、心なしか顔色が悪い。ぎこちなく菓子を取り分け、セ
ラフィーナの前に皿を置いた。
「……ええ、勿論です。奥様。微力ながら、お力添えいたします」
「ありがとう……？」
　何かおかしなことを言ってしまっただろうか。不自然なよそよそしさを感じ、視線で問

いかける。しかしエヴァンは答えることなく部屋を辞してしまった。

「……私、変なことを言ったかしら……？　エヴァンに呆れられてしまった？」

「……いいや？　今までどちらかと言うと引っ込み思案だった君が、急に積極的になったから驚いているんだろう。そうでなくとも、つい先日までは敵対心を剝き出しにした野生の獣みたいだったからね」

「け、獣……っ？　酷いわ、ヴィンセント様」

空気を読まない発言をしてしまったかと不安になったセラフィーナだったが、ヴィンセントのからかいに頰を膨らませた。いくら警戒心を露にした様が獣じみていたとしても、あんまりだ。確かに他者に心を開くまいと毛を逆立てていた自覚はあるが。

「部屋に入ると、まるで縄張りを侵された野兎《やと》のようだった」

「歯を剝き出しになんて、していません！」

兎は可愛らしいが、どうにも大きな前歯の印象が強い。心外だと憤れば、彼は腰かけたままのセラフィーナを胸に抱き寄せてくれた。

「とても健気で愛らしかったよ。必死に威嚇してくるのに、瞳は大きく潤んでいて」

「そ、そんなふうにおっしゃっても、騙されませんから」

「セラフィーナこそ、信じないなんて酷いな。僕は本心から言っているのに……騙すつもりなど、ない」

甘く囁かれ、吐息に耳朶《じだ》を擽られた。思わず夢見心地になりそうなところを慌ててセラフィーナは引き締める。

「わ、私を甘やかさないでくださいと申し上げました」

「これは僕が望んでしていることだ。だって本当はずっとこんなふうに君と過ごすことを夢見ていたから。失われた時間を取り戻させてくれないか？　僕の我が儘を聞いて欲しい」

「そんな言い方は、狡いです……」

ヴィンセントの胸に額を押し当て、セラフィーナは瞳を伏せた。懇願されては、拒むことなどできるはずはない。本心では、自分だって彼と二人だけの時間を楽しみたいのだ。途切れていた夫婦としての絆を取り戻し、本来得る予定だった甘やかな時を重ねたかった。

「頼むよ、セラフィーナ。僕のお願いを叶えてくれないか」

「ヴィンセント様……」

見上げた先には、美しい金の瞳が瞬いていた。長い睫毛に彩られた眼差しの中に、隠しきれない情欲が揺れている。セラフィーナを望む色に、身体の芯が震えた。

「き、昨日もあんなに……」

「足りないよ。全然足りない。君を愛していると伝えるのに、あの程度じゃまったく満たされない。……それとも、嫌？」

嫌なわけがない。セラフィーナは答えの代わりにヴィンセントの腰に手を回した。

「……ヴィンセント様、一つだけ約束していただけませんか？　貴方が私を守るために手を尽くしてくださったことは感謝しています。でも、これからは一人の人間として、貴方の妻として信頼してください。……まだまだ頼りない私ですが、ヴィンセント様に相応しくなれるよう頑張ります。ですから、二人に関することで秘密を作らないで欲しいのです。隠され、愛でられるだけの存在にはなりたくない……私も貴方を支えたいと思うから」

しっかりと彼の瞳を見つめ、一言ずつ選びながら告げた。今ある精一杯を言葉にした。

かつての自分はヴィンセントの優しさに甘えきり、彼の用意してくれた逃げ道に転がりこむばかりで、それ故に脆弱な精神が破綻したのだ。もしもまた辛いことがあったら、同じようにならない保証があるだろうか。いや、ない——と断言できる。だから強くなりたいと切に願った。

「……僕らの間に秘密なんてもうない。君を心から愛している。——それだけだ」

セラフィーナはヴィンセントが頬に添えてきた手に顔を傾け、眼を閉じた。愛しい夫の言葉を噛み締めて、これから先を夢想する。自戒をこめ、今日この日から始めようと誓った。

◇◇◇

愛し合い、疲れ果てたセラフィーナが眠りに落ちた後、ヴィンセントは一人ベッドを抜け出した。服を纏い廊下に出れば、案の定所在なさげにエヴァンが立っている。

「立ち聞きとは、趣味が悪い」

「滅相もない。たった今、来たのです」

勿論、ヴィンセントには分かっていた。もともと人の気配には聡《さと》い。それにそろそろ彼女がやってくるだろうことも予測していた。ただ、少しばかり『失敗』したエヴァンに嫌味の一つも言ってやりたくなっただけだ。

「……申し訳ありませんでした。ヴィンセント様」

彼女もそれが分かっているのか、深々と頭をさげる。乏しい表情はいつものことだが、まだやや顔色は優れなかった。

「君が謝る必要はない。動揺するのも仕方がないと思っている。実際、僕だって冷静に返せたかどうかは分からない。……だから、ただの八つ当たりだ。済まなかった」

「いいえ！　ヴィンセント様に非はありません。私ももっと気をつけます。ただでさえ、奥様を混乱させたまま外へお出ししてしまったのに……」

「その件は、最高の結果に落ち着いたのだから、むしろ僕はエヴァンを褒めたいくらいだ」

偶然とは言え、セラフィーナは記憶を取り戻し、元の彼女に戻ってくれた。夫を愛し、使用人にも気を配る心優しい妻に。だとしたら、何を憂う必要があるだろう。万事、上手くいっている。

「……でも、奥様はまだ……」

「まだ、とは何だ？　真実はこれで全てだ。他には何もない。取り戻すべきことは全部返ってきた」

「あ、ああ、そうですね。申し訳ありません」

有無を言わせぬヴィンセントの断定に、エヴァンは口を噤んだ。そう、この先は『不要』なものだ。あらゆることが丸く収まった今、掘り起こす理由はない。

「……では、私は仕事に戻ります」

「ああ。ありがとうエヴァン。今日は君も疲れただろうから、早めに休んでくれ」

後ろ姿のエヴァンを見送り、ヴィンセントは廊下側からドアノブを握ったまま暫く佇んでいた。部屋の中にはこの世の誰よりも愛しい人が眠っている。何を犠牲にしても守りたい、かけがえのない女性が。彼女を守るためならば、自分はどんな嘘でも吐くだろう。たとえ、この手を血で染めても構わない。いや、むしろそんなことでセラフィーナを引き留められるなら、喜んで罪を重ねる。

仮に彼女自身を騙すことになっても——

呼吸を整え、冷たく凍えた瞳を溶かした。

セラフィーナを見つめるのに、こんな冷めた眼は相応しくない。名を呼ぶのに、黒い感情はいらない。愛情をこめた声だけがあればいい。

でも――――と落とした視線の先には、自分の手があった。男にしては細く白い指先は、今日もきちんと手入れがされている。仕事の上で、清潔感は欠かせない。信用に繋がる。しかし、いくら爪の先まで磨き上げられていたとしても、この手が汚れていることを、ヴィンセント自身がよく知っていた。

どんなに洗っても取れない黒い染みが、べったりと貼りついている。たぶん、一生拭い去ることはできない。

「……それでも、君を手放す気はないよ……セラフィーナ」

独り言《ご》ち、息を吐く。強く眼を瞑り開いた時にはもう、妻をひたすらに愛する男だけがそこにいた。

◇◇◇

セラフィーナはヴィンセントに手を引かれ、馬車を降りた。風は冷たいが、よく晴れた空は高く突き抜けている。

「いい天気になって良かった」

「はい。でも、わざわざ送ってくださらなくても大丈夫なのに……」

「どうせ仕事に向かう途中だよ。それに、少しでも君と一緒にいたい僕の気持ちを汲み取って欲しいな」

とられたままの手の甲にキスをされ、セラフィーナは頰を赤らめた。ここは屋外。それも大通りに面した教会の前だ。人通りが絶えることはない。

「そ、そういったことは……」

未だ慣れない甘い雰囲気に、全身が熱くて堪らなくなる。嬉しいし幸せなのだが、セラフィーナの中ではまだ結婚してひと月あまりしか経っていない感覚なのだ。夫婦としてこなれることは勿論、恋人として過ごした日数も浅く、惜しみない愛情を示してくれるヴィンセントにどう反応していいのか分からない。結果、真っ赤になって俯くのが精一杯だった。

「では、家で二人きりの時ならばいい？」

顔のすぐ横での囁きが擽ったくて、思わず首を竦めてしまう。僅かでも身じろげば、互いの頰が触れ合うほどの距離感。不意打ちでの急接近は心臓によろしくない。しかもたちが悪いことに、彼はセラフィーナの過敏な反応を楽しんでいるのだ。

「からかわないでください……っ」

「とんでもない。答えて、セラフィーナ。誰もいない場所でなら、許してくれるの？」

食まれた耳たぶから、全身に震えが走った。膝に力が入らなくて、のぼせそうになる。こんな往来ですべき遣り取りではないのに、注がれる低音が心地よくて、耳を塞ぐという選択肢は思い浮かびもしなかった。

「だったら、今は我慢してあげる。駄目だと意地悪を言うのなら、今日は行かせるわけにはいかないな。このまま連れ去ってしまおうか」

「い、意地悪はどちらですか？　ヴィンセント様には大切なお仕事があるでしょう。私にも、やらねばならないことがあります」

更なる悪戯を仕掛けてきそうな彼の腕の中から逃れ、セラフィーナは一歩後退った。今日は、恵まれない人たちへ食事を提供する慈善活動に参加する予定なのだ。これまで『外』に眼を向けることがなかったセラフィーナにとっては冒険にも等しい。こういった活動に加わるのはまだ三度目。昨晩から緊張していたところ、今朝はヴィンセントが送迎を買ってでてくれた。

「そうだね。とても残念だよ、こんなに天気がいいのに愛しい君と離れて過ごさねばならないなんて……帰りは迎えにくるから、待っているように」

「はい。ありがとうございます」

たぶん、彼はセラフィーナの気持ちを解すためにあえて道化じみたことを言ってくれているのだと理解して、素直に礼を述べた。優しいヴィンセントは、いつだってこちらを最優先に考えてくれる。一見すると意地悪な言動であっても、裏には労わりと愛情が溢れているのだ。そのことをよく知っているセラフィーナは、満面の笑みをヴィンセントに向けた。

「お仕事、頑張ってください」

「君は、頑張りすぎないように。今日は帰ったら一曲歌ってくれないか。久し振りにセラフィーナの歌声が聴きたい」

「ヴィンセント様が伴奏してくださるのなら……私も、貴方のヴァイオリンが聴きたいです」

「では約束だ」

控えめに了承を示すと、彼は心底嬉しそうに微笑む。そして再び腰を抱き寄せられた。

「きゃ……」

鼻先に口づけられ、せっかく収まった火照りが再燃する。文句を言おうと気を取り直した時には既に遅く、周囲の人たちから注目を集めるセラフィーナを残して、彼は颯爽と馬車に乗り立ち去ってしまった。

「――愛されているわねぇ、セラフィーナさん」

「ハミル夫人、ご、ご覧になっていらしたんですか……っ」

声をかけてきたのは、同じ慈善活動に参加している女性だった。セラフィーナより三つ年上の彼女は、貿易商の妻であり一児の母だ。気さくで話し好きのせいか、引っ込み思案のセラフィーナでも話しやすかった。若いながら、活動の中心人物でもある、尊敬できる女性だ。

「堅苦しいわ、前に言ったようにレイシアと呼んでちょうだい」

華やかな金の髪と、くっきりとした顔立ちのせいできつく見えるけれども、気遣いができて親切な彼女は、自然にセラフィーナを人の輪に入れてくれる。今も、談笑する女性たちの中へと誘ってくれた。

「レイシアさん、今日はお子様を連れていらっしゃらないの？」

「昨日、あんまり聞きわけがなかったから、今日は罰としてお留守番よ」

母としての厳しい面を覗かせつつ、彼女はにこりと微笑んだ。

「たまには私も自分の時間を持ちたいし」

「あらやだ、それが本音なのね」

他の女性たちから笑いが起こり、セラフィーナも微笑した。

これまで積極的に友人を作ろうとしていなかったことが悔やまれるほど、同年代の女性と話をするのは楽しい。そのままお喋りをしながら教会の中へ入り、今日の予定について確かめ合う。

「役割は、先日打ち合わせた通りね。セラフィーナさんはまず野菜を切って。ふふ、少しは上達したのかしら？」

「練習してきました」

碌にナイフも握ったことのなかったセラフィーナだが、エヴァンに教えてもらい最低限のことはできるようになった。上流階級の妻としては台所仕事など覚える必要はないけれど、色々なことに挑戦してみたくなったのだ。今後何がヴィンセントの役に立つか分からないし、セラフィーナ自身、世界を広げてみたい。

この慈善活動もその一つ。最初はあまり賛成してくれなかったヴィンセントも、熱心に頼みこむことで折れてくれた。今ではレイシアという友人を得てセラフィーナが明るくなったことを、喜んでくれている。

「今日はお目付け役がいないのね？」

「流石に、保護者に付き添ってもらわねばならない年齢ではありません」

初回と二度目はエヴァンを同伴していたセラフィーナをからかって、レイシアは眼を細めた。あの時は、心配するヴィンセントを説得するため、仕方なくエヴァンと一緒に参加したのだ。初めてまったく知らない人々の中に飛びこむ怖さは彼女のおかげで緩和したが、同時に自立できないと公言しているようでとても恥ずかしかった。

その時のことを思い出し、セラフィーナは口をすぼめた。

「ふふ……本当に愛されているのねぇ。でも分かるわ。セラフィーナさん、放っておけない感じだもの」

「それは……子供っぽいということでしょうか」

「違うわよ、可愛いって言っているの」

　頼りない弱い自分を変えたくて頑張ってはいるが、まだ成果は出ていない。セラフィーナは傍から見ても自身が幼い印象なのかと不安になった。しかしレイシアは屈託なく笑って肩を叩いてくれる。

「庇護欲をそそるって、すごく大切な要素よ。何とかしてあげたいと思わせるもの。私なんて、何度『一人でも平気だろ』と夫に言われたことか！　悔しいったらないわ。強そうに見えても、こんなにか弱いのに」

　口を尖らせる彼女の様子がおかしくて、セラフィーナは声を出して笑った。笑顔など忘れてしまったとさえ思っていたのに、今では日に何度も笑ってしまう。太陽の光を存分に浴び、成長してゆく自分を実感していた。

　両親を亡くしてからは、ヴィンセントの庇護のもと屋敷内に引き籠もり、悲劇の後には守るために閉じ込められた。それはきっと、肉体的な隔離だけではなく、精神的な抑圧でもあったのだ。自分にとって居心地のいい世界を作りあげ、その中でだけ生きるのは楽でいい。けれども、前に進むことはできない。同じ場所で息を殺しているのと同じ。

一生を箱庭の中で終えるのならば、それはそれで幸せだっただろう。だがセラフィーナは外に出ることを選んだ。もうあそこには戻らないと自分で決め、第一歩としてここにいる。

「さ、始めましょうか！」

ワイワイと姦《かしま》しく喋りながら皆で料理を作り、集まってきた人々にそれを配った。列をなして順番を待つ人たちに食事を手渡し、忙しく立ち働く。セラフィーナも心地よい疲労感を覚えながら、心底参加して良かったと噛み締めていた。

感謝を述べられれば、必要とされている充足感に満たされる。小さな子供の姿には胸が痛んだが、『美味しい』と言われれば嬉しい。立ちっ放しの足の痛みさえ心地よく、他者の役に立っている実感はこれまで知らなかったものだ。自分にできることは多くないが、今後もこの活動を続けていきたいと改めて感じた。

「次回はいつ開催予定ですか？」

「そうねぇ……今度は保護施設を回るのはどうかしら？」

片づけをしながらセラフィーナが尋ねれば、レイシアが思案顔で呟いた。

「保護施設？」

「ええ。数年前にできた病院なのだけれど、主に身寄りがなくお金が払えない方々が入院しているところよ。奇特な方が創設されて、その方の補助金や寄付だけで運営しているの。

どこの誰が代表者なのかは知らないけど、とてもご立派な志よね。ほとんど慈善事業よ。そういうところにこそ、手を差し伸べるべきじゃないかしら」

「そんな施設があるのですか……」

つくづく自分は何も知らないのだとセラフィーナは実感した。しかし、自身もヴィンセントに引き取られなければ、似たような境遇になっていたのかもしれないのだ。父の遺産を狙う親族に無一文で放り出され、病に苦しんでいたかもしれない。決して他人事ではない気がして、同情心が湧きあがる。

「いいですね、是非行きましょう」

「でも、あそこは薬物中毒患者なんかも入院しているでしょう？　私は怖いわ」

洗いものをしていた年配の女性が振り返って眉を顰めた。すると、他からも声があがる。

「そうよね、私も反対よ。だったら孤児院に行きましょう」

「皆等しく接するべきだけれど、流石にあそこへ行くのは夫が反対しそうだわ。それに……先日逃げ出した患者がいるそうよ？　しかもまだ見つかっていないとか……」

「ええ？　それ本当？」

そこから話題は『逃げ出した薬物中毒患者』に移り、次回の開催場所はうやむやになってしまった。そうなると、ああでもないこうでもないとまったく纏まらないまま、お喋りだけが盛り上がってしまう。

「もう、嫌ね。ちっとも決まらないわ。皆お喋りしに来ているみたい」

「ふふ、そう立腹しないでください、レイシアさん」

「でも、貴女たちも気をつけた方がいいわよ？　何があるか分からないもの。私も一人では出歩かないように娘たちにきつく言わないと」

嘆くレイシアとセラフィーナが話していると、先ほどの年配女性が声をかけてきた。

「貴女たちはまだ若いんだから、尚更よ」

「はい……あの、保護施設というのはここから近いのですか？」

「大人の足で歩いて三時間とかからないわ。管理はちゃんとされているはずなのにねぇ……」

物騒だわと言う女性には年頃の娘がいるらしく、セラフィーナたちの心配もしてくれた。その優しさをありがたく受け取り、洗い終わった調理道具を拭いてゆく。

「ありがとうございます。ですが、その患者さんも早く見つかるといいですね……治療しないと、ご自身も辛いでしょうから……」

セラフィーナは薬物の中毒症状について詳しく知らないが、とても苦しいものだという知識くらいはあった。だから、適切な処置を受けなければ大変だろうと思い、そのまま口にする。

「おやまぁ、薬物患者の心配なんて、本当に人がいいねぇ」

「そうなんですよ、セラフィーナさんは健気でしょう？　だから放っておけないの。きっとご主人も同じ気持ちなのね。何せ、今日だって送ってきた上に迎えにくるって言うんだから！」

おどけるレイシアの言葉に年配の女性が眼を見開く。『仲がいいねぇ』と意味深に笑われ、顔から火が出るかと思った。

「か、からかわないでください……」

「からかっていないわ。羨ましいって言っているんじゃない。ああもう、うちの夫もあれくらい私に尽くして欲しいものだわ」

交換しない？　とまで言われ、セラフィーナは笑ってしまった。

慈善活動に参加していた女性たちは、片づけを終えた者から帰り支度を始め、次第に日は傾いてゆく。ヴィンセントを待つセラフィーナにレイシアは付き合ってくれた。その間、教会内に座り色々な話をする。

「保護施設に反対意見が多いなら、次回はどこがいいかしら」

「孤児院は前回行きましたしね」

「同じところへ定期的に行くのも一つの案よね」

色々な案を出し合っていると、あっという間に時間は流れた。一人で過ごしていた時には長すぎて持て余していたのに、楽しい時は一瞬で過ぎ去る。暮れかけた空を窓から見上げ、セラフィーナはレイシアに問いかけた。

「暗くなる前に帰らなくて大丈夫ですか？」

「私の家はすぐそこだもの。それにそろそろ貴女のご主人も迎えにいらっしゃるんじゃない？」

時刻を確かめると、間もなく約束の時間だ。もうすぐヴィンセントに会えると思えば、僅か一日も離れていないのに、セラフィーナは気持ちが急《せ》くのを感じた。

「ああ、早く会いたくて堪らないって顔ね。素敵。私にもそんな情熱的な時期があったわ」

「もう、レイシアさん……」

心情がそのまま顔に出ていたらしく、図星を突かれて恥ずかしい。セラフィーナが頬を押さえて俯けば、レイシアは『羨ましい！』と天井を仰いで叫んだ。

「――それにしても、元気になって良かったわね、セラフィーナさん」

「え？」

「アルフレッド家の新妻が病に倒れたと聞いて、面識はなかったけれども心配はしていたのよ」

そう言うと、レイシアは顔の前で手を振った。

「あ、だからと言って、噂が広まっていたわけじゃないわよ？　夫の仕事柄、小耳に挟んだ程度だもの。若くして成功を収めたヴィンセント・アルフレッドと言えば、商売の世界では有名だし。貴女のご主人、本当にセラフィーナさんが大事なのね。無責任な噂が広がらないように色々手を尽くしていたみたい。でも私より若い方が闘病中だなんて、可哀想だなぁと思っていたの」

「私のことを、以前からご存知だったのですか？」

「知っていると言っても、顔を合わせたことはなかったわ。だから、前々回の慈善活動で名前を聞いて、びっくりしたのよ」

その時は周りの眼もあったしエヴァンがいたので、この話題には触れなかったのだとレイシアは語った。今回は親しくなり、二人きりだから聞きたかったと言いつつも、『話したくなかったらごめんなさい』と続ける彼女には下世話な好奇心は見えない。純粋にセラフィーナを案じてくれているのが伝わり、胸の内が温かくなった。

「いいえ……私、友人がいなかったので、誰かに気にかけてもらえただけで嬉しいです」

知らない場所で、少しでも心を砕いてもらえたことは幸せだ。ありがとうございますと言えば、レイシアに抱き締められていた。

「ああ、もうっ、本当に可愛らしいわ。連れて帰りたくなっちゃう。ご主人も、三年以上貴女が療養していて、寂しかったでしょうね」

「……三年？」

浮き立っていた心は急速に凍りついた。たった今聞いた言葉が頭の中に響く。けれど意味が理解できなくて、セラフィーナは何度も瞬いていた。

「そうよ、長い間大変だったでしょう？　そんな大病を患ったのに、今は健康そうだから本当に安心したわ」

頑張ったのね、と涙ぐむレイシアの声が耳を通過してゆく。確かに音声として認識はできるのに、セラフィーナには彼女が言っている内容が分からなかった。

フレッドに襲われた嵐の夜から、自分の中では一年と少ししか経っていない。二度目の結婚記念日にヴィンセントはそっと香油の贈り物をくれた。それはついこの間のことだ。だとすれば、セラフィーナが外界から隔絶されていたのは約一年で間違いない。それなのに三年とはどういうことだろう。

――私の『二年間』はどこに行ってしまったの……？

「あの……三年って……」

「ああ、辛いことを思い出させてごめんなさい」

質問しようとして、その先は声にならなかった。セラフィーナの頭のどこかが、聞いてはいけないと警告を発する。余計な詮索はするなと引き留め、口を噤ませた。この感覚は以前にも覚えがある。エヴァンを縛り上げ、『真実』を求めて逃亡した時と同じだ。知りたい気持ちと、踏み出す恐怖に心が引き裂かれた。

「……私、ちょっと外の空気を吸ってきます……」

「え、セラフィーナさん？」

じっとしていられなくて、セラフィーナは立ちあがった。レイシアが呼び留める声にも振り返らず、足早に教会の外へ向かう。何故か、ここにはいたくない。混乱を引き摺ったまま、ヴィンセントの迎えを待つ気にはなれなかった。

ふらふらと夕闇の街へさまよい出て、目的もないまま歩き続ける。しかし自然と足が向かったのは、二人で暮らす屋敷の方角だった。セラフィーナには、他に帰る場所などない。無意識に帰りたいと願うのは、ヴィンセントのもとだけ。

――でも、彼はまだ私に何か隠しごとをしているの？――

セラフィーナを気遣った故かもしれない。正直に真実を告げれば、傷が深くなると考え、ごまかしたのかもしれない。たいした問題ではないと考えた可能性もある。だが、どうしても『裏切られた』気がして胸が痛かった。

――エヴァンの様子がおかしかったのは、このせいだったのね……

先日、『一年も無駄にしてしまったのだから』とセラフィーナが口にした時、彼女は僅かに動揺していた。一年ではないと知っていたからだ。そして、セラフィーナが認識している現実との齟齬に驚いていたからだろう。だったら言ってくれたら良かったのにと責めたい心地もするが、言えなかったエヴァンの気持ちも分からなくはない。

――私がショックを受けると思ったの？　それにしても――いいえ、違う。秘密にしなければならない理由があった……？

不意に、セラフィーナは掌に違和感を覚えた。ぬるりと滑ったのは汗。固く握り締めていたせいで、すっかり汗ばんでしまったらしい。けれども両手の濡れた感覚は、別の記憶を刺激した。

あの、嵐の夜。ヴィンセントとフレッドが階段の上で揉み合い、そうして縺れ合って落下した。倒れて動かなくなったのはフレッド。死因は、落ちたはずみで頭を打ったことによるものだ。

そう間違いない。取り戻した記憶の中、二人の男の顔ははっきりと思い出せた。おかしな方向に手足が曲がり、じわじわと赤い色を広げてゆくフレッドの姿も。

――では何故、階段の上にいた私が血まみれなの……？

フレッドが落ちて怪我をしたのなら、セラフィーナの両手が血に汚れることなどあり得ない。あの時、ナイフで脅されはしたが、傷つけられることはなかった。それは、断言できる。なのにどうして、セラフィーナのいる床も両手も赤に染められていたのか。

生々しい感触がよみがえり、鼻腔を鉄錆に似た臭いが掠めた。夕日の赤がセラフィーナの両手を熟れた色に変える。耳鳴りが大きくなり、街の騒音は消え失せた。

「ひっ……」

視界が歪み、現実と過去が交差した。石畳は屋敷の床に変わり、着ていたドレスは赤黒く汚れていた。腰まである長い髪は肩を少し過ぎた辺りの長さに縮む。一年では到底伸びるはずのない長さの差にセラフィーナの混乱は助長された。

――これは『一年前』？　いいえ、『三年前』の光景?

階段の上で揉み合う男たちは、フレッドの方が有利に見えた。所持していたナイフをめちゃくちゃに振り回し、踊り場に立っていたからだ。対してヴィンセントは階段の途中にいて、狭い足場の上ででたらめな攻撃を躱さなければならなかった。しかし夫は巧みにフレッドを押さえこみ、ナイフを振り払う。

床を滑ってこちらの足元まで転がってきた凶器を、セラフィーナは迷わず拾い上げた。このままでは、太り気味のフレッドの体重に押され、ヴィンセントが力負けしてしまうかもしれない。それは駄目だ。何としても夫を助けなければならない。無我夢中でナイフを胸の前に構えたまま、無防備な男の背中へとセラフィーナは突進した。

『危ない！　来るな、セラフィーナ！』

頭の中は真っ白だった。何も考えていなかったと言ってもいい。ただ、身体が動いた。大切なヴィンセントを守らなければと思い、走る。彼に害をなす邪魔者なら排除する。

雨の音。稲光。そして両の手に人を刺す感触がまざまざとよみがえった。ナイフが肉を裂く生々しい感覚。圧力に押し返される刃。

固まってしまったセラフィーナの両手から鮮血に塗れたナイフがこぼれ落ちた。呆然とこちらを振り返るのは、背中を朱で染めたフレッド。顎の肉を揺らしながら、信じられないものを見る眼でセラフィーナを凝視していた。動いた唇が意味するのは――

『ひ と ご ろ し』

傾いだ男の身体に押され、揉み合っていたヴィンセントも落ちてゆく。激しい音を立てながら、二人の男が階段から落下した。

「嘘……違う、こんな……」

事故ではない。不幸な偶然が重なった結果ではない。あの時セラフィーナには殺意があった。明確な害意でもって、フレッドを殺めたのだ。

これが真実。紛れもなく、あの夜起こった全て。

人は自分にとって都合よく物事を改ざんする。記憶もそうだ。立場が違えば、人の数だけ『真実』は存在する。時には同じ出来事でさえ、まったく違う意味を持つだろう。所詮人間は主観からは逃れられない。他人と同じものを同じように見ているかどうかなど、誰にも証明できないのだ。しかしこれは、そんな単純なことではなかった。

セラフィーナにとっての真実は、絶対的なものではなかった。少なくとも、信じていた事実とは重ならない。この手は、血に汚れていた。

『セラフィーナは何も悪くない』『全て事故として処理された』『――だから、帰ってきてくれ』

ヴィンセントの慟哭《どうこく》が頭に響き渡る。おそらく、抜け殻になったセラフィーナを取り戻そうとしてかけてくれた言葉なのだろう。どれもが、血を吐くような叫びに悲しみがこめられていた。しかしそれらは自分の心に届くことはなく、結局最後に提示された偽りに飛びつき、現実を拒絶した。

『僕が、殺した。セラフィーナも、君の夫も被害者だ』

気持ちが悪い。怒濤のように押し寄せた記憶の波に呑みこまれ、セラフィーナは呼吸さえままならなかった。自分が立っているのか座っているのかも分からず、ここが本当はいつどこなのかも曖昧に霞んでしまう。ひょっとして、あの夜から一日も経っていないのか。まだ自分は悪夢の夜のただ中にいるのか――セラフィーナは己の掌を眺め、涙を流した。

ああ、だから自分は正気を失ったのだと、納得する。感じていた罪の意識など可愛いもの。本当の罪はもっと深く救われない。しかも――そうだ。ヴィンセントもろとも階段から落としてしまった自分は、彼を死に至らしめてしまったと思いこみ、命を絶とうとした。

自殺は大罪。しかし、とても生きていられずセラフィーナは落としたナイフを拾い、自身に突き立てようとした。身体を張って止めてくれたのはヴィンセント。だが代償として、刃先は彼の脇腹を深く抉った。

「……ふ、はは……」

どうして今自分は笑っているのだろう。とめどなく涙は溢れるのに、喉が引き攣るのを止められない。セラフィーナは肩を揺らして哄笑《こうしょう》し続けた。

殺人者であるだけでなく、夫に大怪我を負わせ、更には罪まで擦りつけて都合のいい妄想の中に逃げこんだ。何て卑怯で忌まわしい人間。それが自分なのだ。救われるはずがない。

――もう、帰れない。今度こそ……

いくらヴィンセントでもセラフィーナを救えない。ふらつく足で、それでも前へ歩き続けた。立ち止まってしまえば、きっと二度と動けなくなる。その前に、少しでも彼から離れなければ。こんな醜い姿を、ヴィンセントの前に晒すことはできなかった。

けれど、同時に『逃げるな』と叫ぶ自分の声も聞こえた。今までずっと楽な方へと転がり続けた己を叱責する、もう一人のセラフィーナが、また逃避を選ぶのかと責めたてる。

ヴィンセントは『愛している』と言ってくれた。『セラフィーナがいない世界など、一片の意味もない。君がいらないと言うなら、僕には何の価値もない』とも。

そしてあの強くて立派な人が、自分のような矮小《わいしょう》な娘に『二度と手の届かないところへ行かないでくれ』と懇願してくれたのだ。その願いを無下に振り払うのは、本当に正しいことなのか。自分が楽になりたいだけではないのか。たとえ疎まれても軽蔑されても、きちんと向き合い罪を償うべきなのかもしれない。いいや、でも。

迷うセラフィーナの動きはギクシャクとし、危険な人間だと思われたのか、周囲の人々が避けてゆく。左右に割れた人の間を進むセラフィーナの前に、一人の男が立ち塞がったのはその時だった。

「……やっと、見つ……けた」

掠れた耳障りな声に、骨と皮だけの痩せた体軀。生気を失った身体の中、眼だけがギラギラと血走っている。どこか焦点が合わない瞳が、セラフィーナを捉えていた。

「……誰？」

知らない男だ。着ているものはボロ布同然で、髭は伸び放題。薄汚れ、異臭を放っていた。周りの人々も顔を顰めながら遠巻きにしていて、今やセラフィーナと男を中心にし、奇妙な空間ができあがっている。

「わ、忘れた、とは、い、言わせない」

調律の狂った声音で途切れ途切れの言葉は聞き取りにくい。歯が抜けてしまっているのか、漏れる息のせいで発音も不明瞭だった。しかも酷い口臭が離れていても漂ってくる。

驚きから足が止まったセラフィーナに、男はどこか怪我でもしているのか片足を引き摺り、よろよろと近づいてきた。いくらセラフィーナが正気を失いかけていても、彼の異常さに頭の中で警鐘が鳴り響く。本能的に後退っていた。

「こ、来ないで……」

「見つけた……み、つ、けた……お、お、お前だ。どこに隠れていた」

男は支離滅裂なうわ言を繰り返しながらこちらを睨みつけている。濁った眼は理性をなくして久しいのか、こちらを見ているようだがゆらゆらと眼球が不安定に泳いでいた。口の端から垂れた涎を拭おうともせず、突き出された両手の爪は剝がれ、異様さを際立たせる。嫌悪感から更にもう一歩さがった時、セラフィーナの背中は建物の壁にぶつかっていた。

冷たく硬い壁面が、無情にもセラフィーナの邪魔をする。これ以上は、さがれない。慌てて左右を見渡せば、遠巻きにこちらを窺う人々が視界に入ったが、誰も救いの手を伸ばしてくれそうもなかった。

「逃げる、な」

「い、嫌ッ……！」

男の唇は、笑顔と呼ぶには歪みきった弧を描き、漂う異臭が濃くなる。揺れていた瞳がひたりとセラフィーナに据えられ、至近距離で覗きこまれ初めて、濁りきった眼が元は青であったと知った。

「つ、つ、捕まえた」

「ひっ……」

次の瞬間、セラフィーナは強い力で横に引っ張られていた。

「きゃぁ……っ」

そのまま懐かしく心安らぐ香りに包まれる。逞しい腕に抱かれ、何が起こったのかを頭が理解する前に、心が歓喜していた。

「セラフィーナ、間に合って良かった……！」

顔を確認するまでもなく、声で分かってしまう。いや、それさえ必要ない。触れた感触や香りだけでもう充分だった。

どうしていつも、彼は来てくれるのだろう。セラフィーナが望む時、絶対に現れてくれる。渇望する想いに応え、必ず助けに駆けつけてくれるのだ。守られる資格など、もう自分にはないのに。

「ヴィンセント様……っ」

別れを決意したばかりなのに、身体は容易にセラフィーナを裏切って彼に縋ってしまった。離れたくないと、服の端を握り締めた拳が雄弁に語っている。血に塗れた手で触れていい人ではないのに、強張った指先は微塵も緩んではくれなかった。

「君が教会から一人で出ていってしまったと聞いて、探していたんだ」

優しい夫は、心底妻の無事を喜んでくれているらしい。掛け値なしの気遣いが、今のセラフィーナにとっては重すぎる。そんなふうに案じてもらえる資格はないのだ。思い出した過去が、しがみつきたくなる身体に制止をかけていた。

「待っているように、言ったのに」

「私……っ」

「き、貴様っ……うぁあああっ」

停滞していた二人の時間を瓦解《がかい》させたのは、男のあげた奇声だった。口から泡を飛ばしながら、絶叫を迸らせる。髪を掻き毟っていた指が、再びセラフィーナへ伸ばされた。

「きゃあああっ」

不快な記憶が重なる。雷光に照らされたフレッドの姿が、何故か今脳裏をよぎった。動けないセラフィーナを背後に庇ってくれたヴィンセントが男の手を払い落とし、間合いをとる。

違う。今はあの嵐の夜ではない。今度こそ、足手纏いにはならず自分が彼を助けるのだ。

「ヴィンセント様、逃げてください……っ、理由は分かりませんが、この方の狙いは私です。あ、貴方だけでも……！」

「馬鹿を言うな、そんなことができるはずはないだろう。――――保護施設から患者が逃げたと聞いてはいたが……」

「あ……」

先刻聞いた噂話を、セラフィーナは思い出した。あの話の通りであるならば、眼前の男は薬物中毒者なのか。対話が難しそうな様子に納得しつつ、ぞっと背筋が粟立った。

　手負いの獣めいた眼差しには、知性も理性も感じられない。あるのは、狂気だけだ。セラフィーナが抱いていた可哀想な患者への同情など吹き飛ばすほどに、それは恐ろしかった。

「だったら尚更逃げてください……私は、もう二度とヴィンセント様を危険に晒したくありません。私のせいで貴方が傷つくのは嫌なのです。こんな……守ってもらう価値はないのに……」

　血を吐く思いで口にすれば、彼はゆっくり振り返った。瞳での会話は僅か一瞬。けれども、それで充分だった。伝えたいことも、告げたくなかったことも皆、視線一つで通じてしまった。セラフィーナが全てを思い出したことを知ったヴィンセントは、金の瞳の奥を深く翳らせ、震える息を吐く。

「――――そうか。全部、取り戻してしまったのか」

「ごめんなさい……っ」

　何に対しての謝罪なのかは、セラフィーナ自身にも分からなかった。謝らねばならないことが多すぎて、いくら頭をさげても足りやしない。過去も今も、優しい嘘に囲まれて安穏としていただけ。誰よりも自分が自分を許せなかった。

　だからこれは、きっと罰。

今度こそ、自らの罪を償う時が来たのだ。

人を殺めた罪。それを忘却し、あまつさえ一番大切な人に全てを押しつけた。思い出したつもりになっても、自分にとって都合のいいことだけを掬い上げ、真実を更に遠ざけた。口先だけの成長を振りかざし、どれだけヴィンセントを傷つけたことか。

全て、清算する時がきたのだ。この、命をもって。

セラフィーナは、男が刃物を振り上げる前にヴィンセントを庇って前に出た。

彼を守れるのならば、何も惜しくはない。この世で一番愛おしいセラフィーナの夫。

――ああ、もしかしたら、この瞬間のために私は生きていたのかもしれない……。

願うことはたった一つ。ヴィンセントの幸福だけ。その隣に自分はいなくて構わない。彼が幸せになってくれればいい。

「セラフィーナ……！」

守ろうとしてくれる腕を拒み、ほんの一瞬彼を振り返る。浮かべた満面の笑みに、ヴィンセントが眼を見開き息を呑んだ。

「殺してやる！」

周囲に悲鳴と怒号が響き渡る。世界がひび割れ、粉々に砕けた。痛みは刹那。

赤い色彩が散り、セラフィーナの世界は暗転した。

7 もう一度、ここから

屋敷の中は、静寂に満ちていた。使用人は最低限しかおらず、その数少ない者たちも極力物音を立てないよう気をつけている。足音一つにも気を配り、特に主人たちの寝室がある一角を通る際には、細心の注意を払っていた。

ヴィンセント・アルフレッドは成功者であっても家族運に恵まれない。そんな無責任な噂が面白おかしく流れていることは、使用人たちは皆知っている。しかし、表立って口に出す愚か者はいない。何故なら、主である彼がどれほど妻を愛しているのか、ここで働く者の中で知らない輩など一人もいないからだ。

毎日訪れる医師を見送ったエヴァンは、手早くお茶の準備を整えると寝室へ向かった。

「――ヴィンセント様、少しお休みください。付き添いは私が替わりましょう」

「いや、大丈夫だ。彼女が目覚めた時に隣にいたい」

「でも……」

その時がいつ来るのかは誰にも分からない。一瞬後かもしれないし、十日後、一年後かもしれないのだ。もしかしたら永遠に来ない可能性だってある。

しかし、きっと痛いほど理解している主人にあえて言う必要もないと考え、聡明な使用人は口を噤んだ。

「では、せめて水分だけでもおとりください」

「ああ……ありがとう。エヴァン」

街中で、薬物中毒患者に襲われたセラフィーナが怪我を負い、意識を失ってからもう三日。彼女は昏々と眠り続けている。刃物で斬りつけられた傷は浅く、命に別状はない。だが原因不明の昏睡状態から回復することはなかった。

いや、理由はヴィンセントには分かっている。何故ならセラフィーナがこの状態になるのは初めてではない。これで『三度目』だからだ。

「……また、セラフィーナ様は真実をお忘れになってしまうのでしょうか。そして偽りの中で、ヴィンセント様に憎しみをぶつけるのでしょうか……」

叶うならば、そんな二人を二度と見たくないとエヴァンは続けた。愛し合っていながら憎しみ合う振りをしなければならないことは悲劇だ。けれども、現実を受け入れられないセラフィーナの精神を守るためには、嘘の箱庭に閉じ込めておくしかない。そうでなければ脆い彼女の心は完全に瓦解し、何の反応も示さなくなってしまう。かつて一度その状態になったセラフィーナを目の当たりにしたエヴァンは、あまりの痛ましさに直視できなかった。

乖離してしまった魂を連れ戻したのは、ヴィンセントの『嘘』。殺されたのは『夫であるヴィンセント』。犯人は『友人だったフレッド』。だからセラフィーナは『フレッド』を憎み、怒りを滾らせることで生きてゆける。いつか夫の復讐を果たすために……悲しい虚構だけがセラフィーナをこの世界に繋ぎとめた。

それは危うい綱渡りだった。基本的に優しく弱い彼女は、憎しみを維持することが難しい。何よりも、無意識下に自分を罰したいという願望が燻り、常に噴き出す機会を狙っていた。だからヴィンセントはセラフィーナを貶め辱めなければならなかったのだ。常に憎悪へ駆り立て、憎しみの炎を絶やさぬように。

「今回は……何かが変わったと期待していましたのに……」

昏睡を含んだ約一年ごとに、セラフィーナは上書きされたはずの過去を思い出してしまう。そして再び眠りにつき、目覚めた時には振り出しに戻っていた。繰り返される悲劇は何度味わっても残酷だ。抜け殻になってしまうか、嘘で固めた世界で生きるか。どちらかの選択肢しかセラフィーナには残されていなかったのだから。

「過去の二度とは違い、セラフィーナ様はあれを事故だと認識していらっしゃいました。

ご自分があの男を刺してしまったことだけをお忘れになって……それに、私に対する気遣いや、外への興味も生まれて……何よりも、強くあろうと変わり始めていらっしゃいました。このまま、全て良い方向に進むのだと、私は……っ」

「――エヴァン、二人だけにしてくれないか」

嘆くエヴァンの言葉を遮り、ヴィンセントは低く呟いた。力なく横たわるセラフィーナの手を握っても、返される力はない。ピクリとも動かない指先に自身の指を絡め合わせ、乾いた肌を撫でた。

エヴァンがとても心を砕いてくれていることは知っている。セラフィーナを気にかけてくれていることも。だが、今は余計な会話が煩わしくて堪らなかった。

「も、申し訳ございません。出過ぎたことを言いました……」

頭をさげて退出するエヴァンへ一瞥もくれず、ヴィンセントはセラフィーナを見つめた。もともと青白かった頬は、一層血の気が引いてしまっている。冷たい手は、まるで作りもののようだ。微かに上下する胸の動きだけが、彼女がまだぎりぎりで生の縁に立っていることを教えてくれた。

だがそれはあくまでも肉体だけの話。心が留まってくれているかは分からない。

目覚めた時にあちら側へ旅立っている可能性は捨てきれず、また一からやり直すこともあり得るのだ。

「それでも……生きていてくれるのなら、構わない」

あの美しい濃紺の瞳でヴィンセントを見つめ、小ぶりな唇で名を呼んで欲しい。仮に自分に向けられたものでなくてもいい。別の男に呼びかける体でも、愛を囁いて欲しかった。

「……何でもする。君が隣に……僕と一緒に生きていてくれるのなら、どんなことでもする。だから、帰ってきてくれ」

数え切れないくらい捧げた祈りの言葉は、虚しく虚空に溶けた。時間ばかりが無情に過ぎてゆく中、ヴィンセントは詰めていた息を吐き出し、セラフィーナの固く閉じられた目蓋に触れた。

どこかの国のお伽噺《とぎばなし》では、お姫様は王子様のキスで眼を覚ますという。悪い呪いが解けるという物語もあった。儚い期待をこめて、ヴィンセントは眠り姫に唇を重ねる。そっと下唇を食み、押しつけるだけ。それで命を吹き込めたらいいのに。もしも自分の命を分け与えられるのならば、喜んで提供する。

だが、作り話は所詮作り話だった。

何も変わらないセラフィーナは、相変わらず氷のように冷たい身体をしている。投げ出された四肢には温もり一つ灯らなかった。

「……僕は、君の王子様にはなれないのかな……守ると、誓ったのに」

最初は紛れもなくただの同情だった。非道な血縁者に遺産を毟られそうになっている少女を放っておけないと思い、衝動のまま声をかけたに過ぎない。勿論、彼女の父親に恩義を感じていたから、何とかしてやりたいと思ったのも事実だ。しかし赤の他人である異性を、まだ伴侶もいない男が引き取るなど、常識的に考えてあり得なかった。

だが今考えれば、そんな通例を無視してまでセラフィーナを手元に置いたのは、心のどこかで彼女に惹かれていたからかもしれない。少なくとも、他の誰かに託す気にはなれなかった。頼りなく震える少女を、自分が守り支えたいと熱望したのだ。

けれど、ヴィンセントは認めざるを得なかった。

幼い子供でしかない少女はいずれ成長する。瞬く間に成熟した女性になり、日ごとに魅力的になってゆく。鮮やかな変化を間近で見せつけられ、余裕は木端微塵に砕かれた。いつしかヴィンセントの眼はセラフィーナを追い、どこにいても耳をそばだてて彼女の声を探すようになっていた。

自分のことよりも他人を優先する少女。思慮深く、繊細で、器用な手先を持っているのに奢らないところも好ましい。控えめに言葉を選びながら話す様も、可愛らしいと庇護欲が掻き立てられた。

彼女が社交界に興味を示さないことを諭さなかったのも、結局は自分のためだ。セラフィーナを他の男の眼に晒したくない一心で、屋敷に籠りがちな彼女をあえて外へ連れ出そうとはしなかった。むしろ内向的な性格を助長させるように、セラフィーナが好む手芸用品を買い与えた。何て醜い身勝手さ。

懐に抱えこむことで、飛び立とうとする雛から自立の機会を奪い去ったのだ。

そうとは知らず、彼女は無心に敬愛の念を向けてくれる。純粋な瞳に映る自分は、どれだけ歪んでいたことだろう。

もし、彼女をもっと相応しい男のもとへ嫁がせていたら、こんな悲劇は起こらなかったに違いない。フレッドの邪な気持ちに、明確な危機感を抱いていたら。

彼がヴィンセントを快く思っていないことは薄々気がついていたが、それでもあそこまでの暴挙に出ると予想していなかったのは、自分の甘さに他ならない。フレッドには大それたことなどできまいと高を括っていたのだ。

結局は、そんな侮った感情が透けていたのだろう。彼が怒りと嫉妬を育て上げ、攻撃の矛先をセラフィーナに向けたのは、ヴィンセントの責任だ。何度謝っても足りやしない。

「……本当に、すまない……セラフィーナ」

窓の外で小鳥たちが鳴いていた。チチ……と愛らしい声で自由な空を飛び回っている。

天窓しか設けなかったセラフィーナを閉じ込めるための屋敷と違い、この部屋は明るい。窓を開けば、気持ちのいい風も入ってくる。閉塞感のない、心安らぐ空間だ。それなのに――彼女だけが眠ったまま。あの牢獄の中では動いてくれていた姿は、ベッドに横たわり何の反応も返してくれなかった。

「……君は、いつでも僕の手をすり抜けてしまう。手に入れたと思えば、すぐに届かない場所に行く……」

どんな形でも共に生きられれば良かった。幸せになることだけを望んだはずが、いったいどこで間違えてしまったのだろう。それほど、自分は分不相応な願いを抱いたのか。

セラフィーナの長い黒髪を一房掬い取り、ヴィンセントはそこへ口づけた。三年の間に伸びた長さは、まるで自分の執着の証だ。早い段階で適切な治療を受けさせるべきだったのかもしれない。しかし、そうしようとは微塵も思わなかった。安全な箱の中に囲いこみ、守ったつもりでセラフィーナを閉じ込めた。彼女が他者に依存するようになったのは、自分のせいだ。もしもやり直せるならと、何度後悔しただろう。

「……いや、仮に過去に戻れたとしても、僕は同じ過ちを繰り返すのかもしれない。君を手に入れるために……」

醜く汚れた両手で抱くには、眼前の花は儚すぎる。自然の雨風にさえ折れてしまいそうな脆いセラフィーナ。けれどエヴァンの言う通り、今度こそはと希望を持っていた。変化の兆しを確かに感じていたのに。

「――ヴィンセント様、申し訳ありませんが、少しだけよろしいでしょうか」

控えめなノックの後、かけられた使用人の男の声にヴィンセントは顔を上げた。いつの間にか随分時間が経っていたのか、太陽の位置が変わっている。セラフィーナの髪に触れたまま、ヴィンセントは溜め息を吐いた。

「何だ。そのまま報告しろ」

やつれたセラフィーナの姿を、エヴァン以外の他人になど晒したくない。まして男は言語道断だ。入室は許さずに先を促せば、相手も心得ているのか気にした様子もなく話しだした。

「セラフィーナ様を襲ったあの男の件ですが、いかがいたしましょう」

「ああ……今まで通り、保護施設に入れておけ。ただし、二度と出られないよう厳重に監視をつけさせろ。今度万が一取り逃がしたら、援助をやめるという通達も忘れるな」

「……は、それだけでよろしいのですか？　何らかの処罰は……」

重い懲罰《ちょうばつ》が件の男にも施設にもくだると思っていたのか、扉の外に立つ使用人は気の抜けた声を出した。それだけで済ませるのかと、言外に不満がこめられている。

「壊れた相手に、反省や改心を求めても無駄だろう。それくらいならば、不自由な中で治療の名のもと、中毒症状にのたうち回らせ生き永らえさせてやる。あの施設はそのために造ったのだから」

そう。生かさず殺さず。最低限に命を保てる程度の暮らし。決して高尚な理想を掲げたわけではない。むしろ、暗く歪んだ個人的な復讐のために創設したのだ。

陰鬱な笑みを浮かべたヴィンセントは、セラフィーナの頭を撫でた。手つきだけならば、とても優しく愛情に満ちていたことだろう。しかし金の瞳は闇を見つめている。重く濁った深淵を。

「話はそれだけか？　だったら、行け」

「は、はい。失礼いたします」

使用人の足音が遠ざかり、再び静寂に満たされた。この部屋は衣擦れさえも煩く響く。ヴィンセントが息を殺し、セラフィーナがいつか立ててくれる物音を、一つも聞き逃すまいとしているからだ。

「……あの男はまだ生かしておく。どんな使い道があるか分からない……」

呟きは、声にもならずに吐息となって消えた。

自分はまた、罪を犯す。だが、躊躇いはない。おそらくこれからも――

「……ああ、そう言えば約束をしたね。帰ったら、僕が伴奏をしてセラフィーナが歌うと」

不意に思い出した記憶を言葉にし、ヴィンセントは薄く笑った。彼女の数少ないお願いを守らなかったせいで、セラフィーナは拗《す》ねて眼を覚ましてくれないのだと夢想する。

ただの願望。理由をこじつけて、僅かな安らぎを得ようとしているだけ。現実と向き合うことを恐れていると分かっていても、ヴィンセントは自室へ楽器を取りに行っていた。

「……随分弾いていなかったから、酷いものだとは思うが……」

ヴィンセントの演奏が好きだと言ってくれたセラフィーナを失ってから、碌にヴァイオリンには触れてもいない。極稀に、取り出す程度だった。だが今は、これだけが二人を繋ぐ最後のかけ橋である気がしてならない。人の五感の中で最期まで残るのは聴覚だと聞いたことがある。だとすれば、深く眠る彼女にも届くのではないか。

ヴァイオリンのネックを握り、顎で支える。肘をあげ弦に弓を乗せた。

願いをこめ、呼吸を整え弓を引く。

瞬間、室内に反響した音は物悲しく、どこまでも澄んでいた。

調律だけは欠かさずやらせていたから、音に緩みはない。響く音階は高らかに空気を振動させる。肌に感じる細かな震えは、セラフィーナにも届いているだろうか。

演奏する曲は、彼女が以前涙を流した歌劇のもの。耳で覚えたそれを初めて披露した時、セラフィーナは驚愕に口をぽかんと開けていた。そして直後に顔を真っ赤に染めて拍手してくれたのだ。『素晴らしいわ、ヴィンセント様……何でもおできになるのですね』。感激を隠そうともしない彼女はとても素直で愛らしかった。もっと聞きたいと強請られて、特別好きでもなかったヴァイオリンが最高の趣味に思えたほどだ。

本当に『何でもできる』のなら良かったのに。そうすれば、セラフィーナを苦しめることなくやり直せる。記憶を消したいと願うなら、永遠に消去してしまおう。いや、最初からフレッドと会わせることなど決してしない。危険も苦痛も何もかも排除して――

そこまで考えて、ヴィンセントはハッとした。

本当にそれでいいのだろうか。ずっと、彼女を囲いこんでいれば守れると信じていた。実際そうして愛を注いできたし、セラフィーナも幸せを感じてくれていたはずだ。けれどもしも自分の驕《おご》りこそが過ちだったとしたら？

飛べない小鳥は地べたを歩くしかない。いくら壁を作って外敵を阻んだところで、幸福だと言えるのだろうか？

餌は豊富にある。天上からは光も注ぐ。望めば何でも叶えてやれる。『箱』から出ること以外は――

セラフィーナは従順なだけのお人形ではない。彼女には意思も自我もある。時には求めるもののために牙を剥き、知恵を絞って逃亡だって図る。しなやかな精神を内に秘め、己の弱さを自覚していた。それでも尚、強くなりたいと努力のできる女性だ。

侮っていたのは、ヴィンセントの方。

成長を阻んでいたのは他でもない、この自分だ。

確かに今回もセラフィーナは辿りついた真実に耐えきれず、眠りに落ちてしまった。だがその前までは、何かが変わる予兆を孕んでいたではないか。これまでにない変化を遂げ、前へ進もうと足掻いていた。

ヴァイオリンが高く鳴く。奏でる旋律は、主人公が引き裂かれた恋人を想って、歌う場面。弱々しかった少女が逞しく、大人の女へと成長して未来に向け歩き出す。

ひょっとしたら、あれこそがセラフィーナの隠された願望だったのではないか。しっかりと自分の足で立ち、誰にも依存することなく生きようとする精神に共鳴したからこそ、あの歌に感動したのではないか。

フレッドと対峙した際、最後に微笑んだ彼女の真意は――

思い至った可能性に、ヴィンセントの手は止まっていた。あと数小節を残し、完全に曲は途切れてしまった。

震える指には、もう弓を握る力がない。辛うじてヴァイオリンを傍らに置き、呆然としたままセラフィーナを見つめた。

「……君は、僕が知らない内に……ずっと前に進んでいたんだね……」

認めようとしなかったから、悲劇は繰り返された。本来なら、彼女を信じ支えるべきだったのだ。しかしヴィンセントがしたことは、全てが真逆だった。枷を嵌め、錘《おもり》を括りつけ、自分の腕の中でしか生きられないよう誘導した。全ては己のためだけに。それを真実愛情と呼べるだろうか。あえて正しく表現するならば――依存だ。お互いに寄りかかり、そうしてバランスを保てなくなり共倒れした。

がくりと身体中から力が抜け、ヴィンセントはセラフィーナの眠る傍らに膝をついた。祈るように両手を合わせ、間に彼女の手を挟みこむ。冷たく細い、指先を。

「……すまない、セラフィーナ……全て僕のせいだ……」

これまでとは意味の違う謝罪は、掠れて上手く言葉にならなかった。こぼれそうになる涙を必死に堪える。紳士が人前で泣くなど許されない。ましてや、妻の前でなど——

「——……最後、まで……弾いてはくださらないのですか……？」

頭を垂れたヴィンセントの耳が、微かな音を拾った。掠れた声は聞き逃してしまうほど小さい。しかしか細さとは裏腹に、脆弱な色を孕んではいなかった。

「……え……？」

「せっかく……久し振りに聴かせてくださったのに……途中まで、なんて……酷いです」

握っていたセラフィーナの手が、僅かに動く。意志を持つ動きがゆっくりと、けれども確実にヴィンセントの手を握り返してくる。信じられぬ心地で、ヴィンセントはそれを凝視していた。

「セラフィーナ……」

「約束……したでしょう……？　でも、ごめんなさい……歌うのは、もう少し待ってくれますか……？」

群青の瞳が、情けなく硬直する男の姿を映していた。それは弱々しく俯きがちだった少女のものとも、偽りの世界に住む住人のものとも違う。しっかりとした理知的な光がまっすぐこちらへ注がれていた。

「覚えて……？」

「約束しましたから……帰ったらヴィンセント様と一緒に、と」

どこまでセラフィーナの記憶が正確なのかが分からず、ヴィンセントは注意深く彼女を見つめた。自分とフレッドを混同していないことは確かだ。きちんと夫として認識している。だとすれば、巻き戻されたようにあの夜の悲劇だけが抜け落ちてしまったのか。不用意に発言できず、摑んだままの手に力が籠った。

「ん……少し、痛いです」

「あ、ああ……すまない」

苦痛に顔を歪めるセラフィーナの手を放せば、支えを失った彼女の手は力なくベッドに落ちた。未だ身体に力が入らないらしく、瞳だけが状況を探るように左右へ揺れる。

「……私たちの家、ですね」

「……こちらの方が、いざという時に医師を呼びやすいから……」

これまで監禁していたことを暗に詰《なじ》られた気がして、ヴィンセントは言い淀んだ。しかし、セラフィーナの言いたいことはそんな内容ではなかったらしい。

「良かった……知らない場所で眼が覚めたのではなくて……」

ほう……と吐いた溜め息には、心底からの安堵が滲んでいた。不自由そうにリネンの上を這う彼女の手は、何かを探しているようだ。暫し迷った後、ヴィンセントは恐る恐るそ

の手を握っていた。

　正解を引き当てたらしく、セラフィーナが淡く微笑む。

「――貴方のそんな顔は、初めて見ました」

「……？」

「どうしたらいいのか分からない――そんな顔です。いつもヴィンセント様は自信に満ち溢れ、堂々としていらしたから」

　情けない、と呆れられているのか。セラフィーナには見栄や矜持も手伝って、大人の男としての顔しか見せたことはなかった。こんな弱った姿など、みっともない。しかし慌てて表情を引き締めようとしたが上手くいかず、すっかり強張った頬も眉も、ヴィンセントの意思に反して動いてはくれなかった。

「すまない――」

「……私が、それを強いていたからですね。傍らに弱いものがいたら、自分が強くなって守らねばならないもの……貴方が弱音を吐けなかったのは、私のせいです」

　穏やかな声は落ち着いている。これまでとは明らかに違うセラフィーナの目覚めに、ヴィンセントは彼女の手を摑んだまま、己の震える手を額へ押しつけた。

「――違う。君は何も悪くない」

「いいえ。私は全部放り出して、貴方に寄りかかっていました。自分が背負わなければいけないものまで、ヴィンセント様に任せきりで……だから、きっと何度も同じ過ちを繰り返したのだわ……」

こめられた意味の重さに、上手く息も吸えなくなる。ヴィンセントは静かに伏せていた目蓋を押し上げた。

「全部――本当に何もかも、思い出したんだね……？」

「はい。……――私が、この手でフレッドを刺殺してしまったことも……」

確認は形式上のものでしかない。答えは、とっくに分かっていた。それでも問うたのは、最後の希望にかけたからかもしれない。忘れてくれていたのなら、やり直せる。何度憎まれたとしても、いつか訪れるかもしれない奇跡を待ち望むことができただろう。けれども、セラフィーナが全てを取り戻したなら、別離はすぐそこだと感じられた。

きっと彼女は自分自身を許せない。そういう女性なのだ。己を罰するあまり、ヴィンセントから離れてゆく。それは物理的な距離でも、精神的な距離でも同じことだった。

「セラフィーナ、僕は……っ」

「……ついさっきまで……いいえ、眼を開く瞬間までは一日でも早く貴方のもとから去らなければいけないと思っていました」

浅ましく縋ってでもセラフィーナを引き留めようとしたヴィンセントは、握り返された手の力に驚いていた。弱く添えられただけのものではない。明確な意思のもと、固く繋がれる。それは、逃げないでくれと懇願されているようだった。今、ヴィンセントから飛び立とうとしているのは彼女の方なのに。

「ずっと、傍にいてくださいましたね……ヴィンセント様が名前を呼んでくれるのが、聞こえていました。身体が重くてどうしても答えられませんでしたが」

そこで噎せたセラフィーナに、ヴィンセントは慌てて水を差し出した。弱った身体を起こし、支えながら口元へ運んでやる。

「ありがとうございます、ヴィンセント様」

「礼など……」

不要だ。そもそも原因の全てはこちらにあるのだから。足りない言葉でもヴィンセントの言わんとすることを汲み取ってくれたセラフィーナは、ゆっくり水を飲み干した後に背筋を伸ばした。

「動けない中で、ずっと考えていました。どうすれば、貴方にこれ以上の迷惑をかけないで消えることができるのかを」

「消えるなどと、言うな……っ」

「……きっと、引き留めてくれるだろうとも思っていました」

想像が当たっても欠片も嬉しそうではなく、むしろセラフィーナは瞳を翳らせた。痛ましいものを見る眼差しで、窓の外へと視線を流す。

「――そして、再び間違いを犯すのだろうと絶望さえしていました。ヴィンセント様、私たちは傷を舐め合うだけの閉塞的な関係だったのですよ。私は貴方に依存しきって、ヴィンセント様は私を甘やかす……お互い向き合ったまま動こうとはしていなかったのです」

「たとえそうだとしても……っ、僕は君を手放すことなど絶対にできない」

「……それが嬉しいと、自分が歓喜に震えてしまうことも分かっていました。本当に、私は卑怯で罪深い」

泣き笑いを浮かべた顔を歪ませ、セラフィーナは唇を噛んだ。震える肩は薄くて小さい。今すぐ抱き締めたいのに、激情のまま手を伸ばせば壊してしまいそうで、ヴィンセントには到底できなかった。

「……だからこそ、別々の道を歩もうと決めていたんです」

「駄目だ……っ」

「どうか最後まで聞いてください、ヴィンセント様。――眼を開く瞬間まで、と言ったでしょう？　貴方のヴァイオリンが途切れて、ようやく意識が完全に浮上した時――ヴィンセント様から逃げ出すことも、私の甘えでしかないと気がつきました」

「えっ……」

間抜けた反応しかできず、窓の外を見つめたままのセラフィーナを凝視した。凛とした横顔からは真意が窺えない。何かを決意したらしい彼女の様子が、ヴィンセントの焦燥を搔き立てた。

「それはどういう……」

「あの時……薬物中毒の患者に襲われた時、私はこのまま死んでもいいと思っていました。ヴィンセント様を庇って殺されるのなら、本望だと。むしろこのために生き恥を晒してきたのだと確信したほどです」

「セラフィーナ……！」

とんでもない発言にヴィンセントは息を呑んだ。彼女が語るのは、自分が最も見たくない未来だ。どんなことがあっても避けたい最悪の結末。それを回避するために足搔いてきたのだと言い切れる。

だから聞きたくなかった。ましてやセラフィーナ本人の口からなど。

「やめてくれ……頼むから、恐ろしいことを言わないでくれ」

「あの瞬間は……心底正しいと感じていたのです。それだけが、私が貴方にしてあげられる唯一のことだと……でも、間違いですね。だって、そんな顔をさせたかったのではありません。私は、ヴィンセント様に幸せになって欲しかった。でも、今一番貴方を苦しめているのは、身勝手な私の選択だったようです」

ふぅ、と息継ぎをしたセラフィーナが瞳を伏せる。そして再び視線を上げた時には、揺るぎない光が瞳の奥に宿っていた。

「自分が犯してしまった罪は償います。社会的制裁も当然だと思います。刑に服した後は、修道院に入ることも厭いません」

一息に言い切ったセラフィーナは疲れたのか、背中を支えるヴィンセントの腕にぐったりと身体を預けた。しかし横たわらせようとすると、緩く首を振る。

「このままで。大切な話をしたいから、もう少しだけ付き合っていただけますか？」

幼子のように嫌だと耳を塞いでしまいたかった。逃げて事態がより良い方向に向かうなら、喜んで道化になれる。だが、ヴィンセントは渾身の理性でもって頷いた。

「君の望むままに」

「ありがとうございます」

セラフィーナは右手に巻かれた包帯に手を這わせ、呼吸を整えていた。語るべき言葉を、探しているのだろう。それから嵌められた新しい指輪に視線を移し、暫く沈黙していた。

「……怪我は、あと数日もすれば完全に癒える。傷痕も残らないと医師は言っていた」

「そうですか……人を傷つけておいて、自分の怪我は気にかけるなんて滑稽なのですが、どうしても眼がいってしまいました」

そう口にしたが、実際見つめていた時間は治療の施された腕よりも指輪の方がずっと長い。どちらにより注目していたかなど、明白だ。

ヴィンセントはセラフィーナの視線を追って、彼女の指に嵌まった金属の輪を見ていた。頼りない細さが、セラフィーナを引き留めてくれることを祈って。

「――――何もかも思い出した直後、修道女になって神様に仕えるか、あるいは死をもってしか許されないと思いました。でもそれで救われるのは誰なのでしょう。殺めてしまったフレッドではありません。苦しめたヴィンセント様でもありません。少なくともお二人は、私が俗世を捨てても何の恩恵も受けないでしょう？ ……救われるのは、自分だけです。私のせいで苦悩する貴方を見て――――ようやく思い至りました」

「セラフィーナ……」

「こんなに色々考えたのは、生まれて初めてです。本当に私はぬるま湯の中で生きてきたんですね。今やっと、ヴィンセント様と同じ場所に立っている気がします」

しっかりと向き合い、今度こそ真正面から視線を絡めた。逸らすことなくお互いの姿を双眸の中に映し合う。長く一緒に暮らし、夫婦にまでなったはずなのに、今この瞬間ほど相手を近く感じたことはなかった。誰よりも、通じ合い理解し合えていると確信できる。

だから、分かった。

二人とも、互いの存在がないと生きていけない。たった一人の相手が不可欠で、それなくしては呼吸もままならないのだ。魂の半身。欠けてしまえば、永遠に満たされない。

しかし、これは依存とは違う。盲目的にお互いを求めるだけではなく、手を繋ぐことで別の扉を開けることも、きっとできる。――しなくてはならないと、悟った。

「私は、ずっと自分を不完全なお荷物だと思っていました。今でもその気持ちは消えません……でも、こんな私でも、ヴィンセント様にとって支えになれるかもしれない。貴方もまた、欠けたところのある人だから」

ふわりと笑むセラフィーナは、以前とは別人だった。悪夢を乗り越え、強くしなやかに変貌を遂げている。もう、守られるだけの雛ではない。一人の自立した、女性だった。

ヴィンセントは震える息を吐き出し、苦笑した。何故なら皮肉なことに自分の弱さこそが彼女を成長させたからだ。あらゆる困難から守り、危険や害を排除していた頃には見られなかった変化が、セラフィーナを支えていた。それはたぶん『自信』だとか『責任感』と呼ばれるもの。今まで通り囲いこんでいただけでは、きっと彼女はこの手をすり抜けてしまっていただろう。

手に入れたと思えば指先からこぼれ落ちる――当然だ。セラフィーナの望みは、ヴィンセントに保護されることではなく共に歩む伴侶になることだったのだから。

「――今まで、すまなかった」

「どうしてヴィンセント様が謝るのですか？　私はいつだって貴方に助けられてきたのに」

屈託なく笑う妻は、こちらの醜い真実など気がつくことはないかもしれない。純粋にヴィンセントを慕い、黒い思惑など考えもしないに違いない。けれど、それでいい。これからは、自分の脆さをセラフィーナが支えてくれる。ヴィンセントの欠けた心を埋められるのは彼女だけ。人の数だけ真実はあり、どれが本物かなどとは決められない。

心のひび割れを糊塗《こと》することなく、ヴィンセントはセラフィーナを抱き締めた。痩せ細った身体は、それでも柔らかくこちらを受け止めてくれる。額を胸に埋めれば、まるで幼子にするように髪を梳かれた。

「ふふ……大きな子供みたい」

「酷いな、これでも僕は君の夫だ」

「ええ、知っています。だって誰よりも素敵で愛おしい自慢の旦那様だもの」

嘘偽りのない真実が、すとんと胸に落ちた。見上げれば、群青の瞳に見下ろされる。星が煌めく夜空よりもずっと美しく、静謐《せいひつ》な眼差しに見守られていた。

「君から見下ろされるなんて、初めてだな」

「そう言えば、そうですね。ヴィンセント様は背が高くていらっしゃるから、時折首が痛くなってしまうのです。何だかとても新鮮だわ」

楽しそうに言うセラフィーナが肩を竦める。珍しく冗談めかした物言いがおかしくて、ヴィンセントもつられて笑っていた。

「……フレッドのことだが、もう事故として解決している。遺族にも説明済みだ。正式に終わったことだから、君が罪に問われることはない」

「でも……」

「全部、終わったんだよ。今更蒸し返しても、誰のためにもならない。あいつにとっても不名誉な真実が明るみに出るだけだ」

友人の妻を襲い返り討ちにあったなどと、家族も世間に知られたくはないだろう。それにもともと、フレッドは一族の中で厄介者だったらしい。誰も彼を悼むことなく、早急にこの一件を片づけてしまいたいという思惑が見え見えだった。当時のことを思い出し、ヴィンセントはセラフィーナの頭を撫でた。

「だから、心配するな。以前約束したように、墓前には連れていくよ。——そろそろ横になった方がいい。まだ身体は本調子ではないのだから」

「……眠るまで、傍にいてくださいますか？」

「しっかりしたと思ったら、以前よりも甘えん坊になったみたいだ」

ヴィンセントは改めてベッドの横に椅子を用意し、腰かける。セラフィーナの手を握り、深く指を絡めた。

「……約束をしましょう。今度こそ、ヴィンセント様の演奏を最後まで聴かせてください」

「勿論。君が歌ってくれるのなら」

微笑みながら目蓋を下ろすセラフィーナを見守る。このまま眠ってしまえば、目覚めた時また彼女の記憶は混乱しているかもしれない。過去と同じで改ざんされ、偽りで固めた箱庭の住人になってしまうかもしれない。

人の記憶は曖昧で頼りにならない、とても脆く儚いものだ。そんな脆弱なものの上に成り立つ繋がりとは、何て壊れやすい幻想なのか。

――でも、構わない。

崩れてしまったのなら再び積み上げればいいだけ。糸で織るように一から始められる。二人でなら、必ずできると感じられた。何度でも。望む未来に辿りつくために。

以前は毎日毎晩恐ろしかった明日が、今は待ち遠しい。セラフィーナがどうなってしまうのかという恐怖を押し殺して、憎まれ役に徹した日々。症状が悪化していなければいいという控えめな願望とは裏腹に、ヴィンセントは奇跡を待ち望んでいた。けれども、今は自分が間違えていたと分かる。

待つのではなく、未来は作りあげてゆくもの。奇跡は与えられるのではなく、摑み取ることもできる。

「おやすみ、セラフィーナ」

「おやすみなさい、ヴィンセント様」

愛しい妻の額にキスをして、ヴィンセントはようやく本当の意味でセラフィーナを自分の手に取り戻したことを知った。

◇◇◇

「どうぞ、受け取ってください」

セラフィーナが丁寧に包装された贈り物を差し出すと、ヴィンセントは不思議そうに首を傾げた。

「これは……？」

「とても遅くなってしまいましたが、結婚して最初の貴方の誕生日に贈ろうと思っていた品です」

大きさの割には軽いそれを手にしたヴィンセントは、戸惑いの表情を浮かべた。

「それを、今？　僕の誕生日は、当分先だけれど」

「あの、今年も結局、お祝いできなかったので……ごめんなさい」

既に過ぎてしまった記念日を今更祝うなど滑稽だが、セラフィーナは来年まで待つ気になれなかった。何せ、やっと完成したのだ。

婚姻前からヴィンセントの上衣に施していた刺繍。あとは袖口を残すのみとなっていたけれど、行方知れずになっていた。三年以上も経ってしまったのだから、仕方ないのかもしれない。少なくともセラフィーナはそう思って諦めていたのだが、実際にはエヴァンが大切に保管してくれていた。

セラフィーナの腕の傷がすっかり癒え、体力も回復した頃、彼女がそれを持ってきてくれたのだ。年月を経ても汚れも色褪せもない、折り皺さえない状態に、どれほど大事に扱ってくれていたのかがよく分かる。

ありがとうと涙ぐみながら礼を述べれば、エヴァンは珍しくはにかみ首を振った。

『必ず、この続きを仕上げてくださると信じていましたから』

アルフレッド家の使用人たちは、誰もが優しい。かつて感じていたよそよそしさも、両親を亡くし殻に引き籠もる少女の扱いに慣れていないだけだった。ヴィンセントが言っていたように、皆どう接すればいいのか分からず、距離を測りあぐねていたのだろう。セラフィーナ自身、心を開いてはいなかったのだから、申し訳なく思う。

今では自発的に交流を持つことを心がけていた。

「これは……」

贈り物の包みを開いたヴィンセントが、感嘆の声を漏らす。中から現れたのは濃紺の上着。セラフィーナの瞳の色に合わせたことは、当時はとても大胆な選択だったのだ。恋人や夫婦、特定の相手の髪や瞳の色と同じものを身につける行為は『私はあなたのもの』または『誰にも渡さない』という意味を持つ。周囲に対しても、そして想いを届けたい対象に対しても。

「熱烈な束縛だ」

「あの、お気を悪くされたのならごめんなさい」

「何故？　とても嬉しいよ。早速次の夜会に着ていこう」

心底嬉しそうに彼は言い、試着したり眺めたりした後、丁寧にクローゼットへしまった。

停滞していた時間が動きだす。同じ場所で蹲《うずくま》っていることをやめたセラフィーナは、以前よりも自分の考えや願望を口にするようになっていた。

「喜んでいただけて私も嬉しいです。それで、あの……プレゼントのお返しを要求するのは厚かましいのですが、代わりに……」

「セラフィーナも、君が僕のものだという証拠を、身につけてくれるね？」

「は、はいっ」

自分からは言いにくくてはっきり口にできなかったセラフィーナは、全て分かった上で引き継がれたヴィンセントの言葉に大きく頷いた。かつては気後れして躊躇ったことを、今はしてみたい。自分は彼に相応しくないからと足踏みしていたことにも積極的に挑戦してみたかった。その一歩として、ずっと遠ざかっていた夜会にも率先して出席する決意を固めている。

「ダンスなんてすっかり忘れてしまいました。身体も鈍っているから、練習しなければなりませんね」

「ではお付き合いしよう。お手をどうぞ、奥様」

「ふふ、ありがとうございます」

気取った物言いのヴィンセントに手を取られ、部屋の中央に移動した。食後の昼下がり、穏やかな午後の日差しが室内を照らしている。手を取り合い、口ずさむ歌に合わせて身体を揺らした。足の運びを確認しつつ彼のリードで身を翻す。ふわりと広がるドレスの裾は、花が咲き誇るように美しかった。

しかし楽しく練習したのは僅かな時間。すぐに手を握り身体を寄せているだけでは満足できなくなり、どちらからともなくキスを交わしていた。

「……まだ、明るいです」

「知っている。でも、セラフィーナに触れたい。——駄目？」

もう強引に奪う必要がなくなったヴィンセントは、常にセラフィーナの意思を尊重してくれる。今も、嫌だと言えば無理強いはしないだろう。だが彼は、決して拒絶されないことも計算済みのはずだ。セラフィーナはヴィンセントを拒めない。淫らな欲求は、彼だけのものではなく自分が抱くものでもある。同じだけの強さでヴィンセントを求めていた。そういった諸々を、彼はちゃんと把握している。知っていて尚、セラフィーナ自らが受け入れることを希求していた。

「駄目では、ありません……」

セラフィーナは掻き集めた精一杯の勇気で、ヴィンセントの胸に唇を寄せた。

「けれど、もうすぐエヴァンが片づけに来てしまいます」

「彼女は優秀だから察してくれるし、夫婦が仲睦まじいことを怒ったりはしないさ。でも気になるのなら、寝室に行って鍵をかけよう」

頷いてしまえば、同意したのも同然だ。セラフィーナは俯いたまま彼の服を握り締めた。手を引かれ、隣室へ移動する。どこかふわふわと足元が覚束ないのは、気持ちが浮き立っているからだろう。期待が膨れ、一刻も早くヴィンセントと触れ合いたいと渇望していた。

ベッドに辿りつくのももどかしく、扉を閉じた瞬間に激しく抱き合う。後ろ手に彼が鍵をかけたことさえ気がつかず、セラフィーナは懸命に背伸びをしてヴィンセントの首にしがみついた。背が高い彼は腰をかがめて支えてくれる。

「可愛い。セラフィーナ。そんな蕩けた眼を他でしてはいけないよ」

「しません。ヴィンセント様だけ……」

熱に浮かされ、爪先立つ。やがて体勢が辛くなった頃、セラフィーナはヴィンセントに横抱きにされていた。

「きゃ……っ」

「僕の奥さんは、どこでそういう誘惑方法を覚えてくるんだろう？　まさか、慈善活動で知り合った友人からではないよね？」

「そ、そんな、レイシアさんはいい友達です。色々な相談には乗ってくれますけれど……」

セラフィーナが眼を覚まし元気になってからも、彼女との交流は続いている。先日はレイシアの家に招かれ、可愛らしい子供たちと一緒に遊んだ。騒がしくも幸せそうな家族を見て、セラフィーナは自分とヴィンセントの具体的な未来を想い描いたりもした。子供は欲しい。できれば、三人くらい。そうセラフィーナが呟けば、彼女は訳知り顔で頷いた。

『だったら、頑張らないと。セラフィーナさんはまだお若いけれど、沢山産むとなったら早い方が身体は楽よ。子供の体力は無尽蔵《むじんぞう》だから、こっちの方が先に参ってしまうわ』

妙に説得力のある台詞に、セラフィーナは思わず何度も首肯していた。

帰り際、『受け身でいるだけでは駄目よ！　時にはこちらから仕掛けないとね』と手渡された品は、最近彼女の夫が商品として仕入れたものだと言う。最初は袋に入れられていたので中身が何だか分からず、帰ってから取り出してみて、セラフィーナは悲鳴をあげてしまった。そして大慌てでその場は隠したのだが……現在、件の品はドレスの下に身につけられていた。

「愛しているよ、セラフィーナ」

セラフィーナはベッドの上に恭《うやうや》しく下ろされて、贈り物の包装を解くように丁寧に服のリボンを解かれ、ボタンを外された。同時にスカートの裾から侵入してきた手に太腿を撫でられる。たくし上げられ、はだけられ、少しずつ肌が外気に愛撫された。露にされた場所に、惜しみないキスをヴィンセントはくれる。そして――

「……え？　セラフィーナ、これは……」

流石のヴィンセントも眼を丸くしていた。驚かせることができたなら、ひとまず大成功だ。着ていた服を中途半端に脱がされて、半裸の状態で見えるのは艶めかしい下着。普段、控えめで清楚なものを好むセラフィーナの趣味とはまったく違う、大胆で官能的な一品だった。

「そのっ……たまには刺激も必要だとレイシアさんが……！」

「ああ……なるほど」

「ヴィンセント様はお嫌いでしょうか……？」

どこか気の抜けた返事をする彼に不安が募り、セラフィーナは血の気が引いた。やりすぎてしまっただろうか。何ごとも挑戦かと意気込んだのだが、いくら何でもこんな淫らなことはお気に召さなかったかもしれない。だとすれば、今すぐ着替えなくては。

セラフィーナは慌てて胸の前を掻き合わせ、めくれ上がった裾も直そうとした。しかし、身なりを整える前にやんわりとヴィンセントに制止される。

「あの……？」

「いや、本当に素晴らしい友人ができたようで良かった」

笑んだ瞳の奥に劣情の焔が先ほどよりも大きく燃えている。ヴィンセントが軽く唇を舐めるのを、セラフィーナは息を詰めて見つめていた。

「君にこんな一面があったなんて知らなかった。嬉しい誤算だ。ねぇ、他にも何か隠しているのかい？　だったら全て教えて欲しいな」

覆い被さる身体の影に閉じ込められ、ひゅ……と喉が鳴った。トロリとした色香が彼から滴り落ちる。セラフィーナもあてられて、熱が指先まで回るのが分かった。まるで媚薬だ。灯された焔が、身体の隅々で大きくなってゆく。持て余す渇望を満たしてくれるのはヴィンセントだけ。セラフィーナは潤んだ瞳で彼を見上げた。

「……こんないやらしい私は、駄目ですか？」

「とんでもない。大歓迎だよ。ほら、分かるだろう？」

「……っ」

下肢に押しつけられた硬い存在感に、セラフィーナの内側が疼いた。期待はそのまま吐息になり、艶を孕んだものに変わる。声も出せずに眉を震わせれば、答えはそれで充分だった。

下着としては面積が少なすぎる布地を剝がされ、恥ずかしい場所をじっくりと視姦される。しかし完全に脱がされるのではなく、中途半端にセラフィーナの身体に引っかけられたままなのはどういうことなのか。

「ヴィ、ヴィンセント様……っ？」

「せっかく君が勇気を出して着飾ってくれたのだから、全部脱がしてしまうのは勿体ない」

「勿体なくなどありません……！」

むしろこのままの方がよほど居た堪れない。涙ぐみながらセラフィーナが否定すると、ヴィンセントは渋々ながら全て脱がせてくれた。しかし冷静になってみれば、自分から『裸になりたい』と懇願したのも同然な状況で、顔から火が出そうになる。

「積極的だね、セラフィーナ」

「違います……っ」

恥ずかしくていっそ顔を隠して逃げ出したい。けれど、大柄なヴィンセントに伸しかかられていては無理だ。体重をかけられているわけではないが、とても彼の身体の下から逃れられる気はしなかった。

真っ赤に染まった頬を舐められ、擽ったさに息を乱す。僅かに開いた唇の隙間から侵入したヴィンセントの舌は、簡単にセラフィーナの舌を搦め捕ってしまった。くちゅくちゅと粘着質な水音が奏でられ、甘い息苦しさに喘げば、深い口づけで塞がれた。

大きな手に脇腹を撫でられ喉が反り、空いた手で脚を開かされる。既に潤ったそこは、蜜を滴らせて牡《おす》を誘っていた。

「これから先も、ずっと僕の傍にいてくれるかい？」

「私からも、お願いします。いいえ、約束しましょう。共に生きてゆくと。だからもう、可能な限り秘密はなしにしてください」

「……可能な限り、でいいのか？」

「どうしても言えないことはあると思います。ですから、努力してくださるだけで充分です。私も、頑張りますから」

いくら夫婦でも、同じ人間でない以上完全に重なり合うことなどできない。同化するなんて不可能なのだ。だからこそ、歩み寄ればいいと思う。願いをこめて、セラフィーナはヴィンセントに告げた。

「……分かった。善処しよう」

鼻先に口づけられ、契約は完了した。近い距離で微笑み合い飽きもせずキスをする。繰り返すたびに思いは深まっていった。傾ける愛情が大きくなって、全身から愛おしさを伝え合う。絡めた指先からも、眼差しからも、掠める呼吸からも伝わってくるのは相手を請う気持ちだけ。口から吐き出す言葉だけでは足りずに、忙しくお互いの肌をまさぐった。

ヴィンセントの脇腹に刻まれた傷痕を丁寧になぞって、セラフィーナは心の中で謝罪する。告げてしまうと、彼が辛そうにするので、もう言わない。過去の過ちを謝るくらいならば、今労わる方が大切だった。ヴィンセントが望むのならば、尚更だ。

何ものにも遮られない肌を辿り、花弁を開かれる。硬くなった彼の切っ先に入り口を捏ねられて、痺れが下腹に広がった。

「この先、どんな困難に見舞われても、君を愛している――」

「……っ、ぁあ……っ」

逞しい剛直に隘路を埋め尽くされた。強い衝撃にセラフィーナが背を戦慄かせれば、ヴィンセントが何度もキスをしてくれる。こちらの息が整うのを待って、彼は腰を動かし始めた。最初は緩やかに。けれど次第に深く激しく。

「……あッ、ゃ……あ、あっ」

「気持ちいい？　セラフィーナ、もっと鳴いてみせて」

リズミカルに奥を突かれ、抑えられない嬌声が漏れた。抉られるたび、押し出されるように声が出てしまう。恥ずかしくて口を塞ごうとしてもヴィンセントは許してくれず、むしろセラフィーナの両手をベッドに縫いとめてしまった。

「や……駄目……ッ、あ、ァあっ」

身悶え髪を振り乱しても、愉悦は大きくなるばかりで一向に引いてくれない。セラフィーナの弱い部分を捉えた彼の先端が、容赦なく腹の中を擦りあげたからだ。

「ひ、ぅ……っ、ん」

「すごい……中がうねって、僕に吸いついてくる……大丈夫、そんなに強請らなくても思いっきり突いてあげるから」

「え……？」

溺れそうな快楽の中、囁かれた言葉に不穏なものを感じた。セラフィーナが不安になって閉じていた目蓋を開けば、凄絶な色香を纏うヴィンセントの唇が弧を描いている。

「以前、身長差のせいで首が痛いと言っていただろう？　今日は良い解決方法を思いついたんだ」

「え、あの、こうして横になった状態でしたら大丈夫です」

急角度で見上げているのではないから、疲れない。そう言おうとした瞬間、繋がったままセラフィーナの上半身は持ち上げられていた。

「きゃっ……!?」

「——ほら、これなら君が僕を見下ろしている体勢になる」

「何を……！」

ぐるりと回転させられ、下ろされた先は仰向けになった彼の身体の上。それも腰を跨ぐ形だった。当然ながら体内には未だヴィンセントの屹立が埋まっている。つまり、セラフィーナ自身の体重によって、今までにない奥深くまで侵入された。

「ぁ……あッ……」

「温かいな……セラフィーナに抱き締められているみたいだ」

彼の引き締まった腹に手をついて、全身を震わせた。呼吸するだけでも振動が響いて、脳天へ快感が突き抜ける。堪らず身じろぎすれば、尚更淫悦を味わうだけだった。

「ね？　これなら首は辛くないだろう？」

確かに首は辛くない。だが、それ以外の場所が大変なことになっていた。深々と串刺しにされ、呼吸もままならない。太腿に力をこめて膝立ちになろうにも、セラフィーナの腰を支えたヴィンセントの手が許してくれないのだ。

「や、ぁあ……」

「好きなように動いていい。君が望むままに」

「無理、……ですっ……」

じっとしていても噴き出す汗が止まらず、自分の鼓動にさえ体内が過敏に反応している。溢れる花蜜が滴り落ちて、彼の下肢を濡らしていた。

「……仕方ないな、手伝ってあげよう」

「ひ、ぁあッ」

ぐっと真下から突き上げられて、セラフィーナの身体が弾んだ。それだけで終わるはずもなく、重力に従い落ちたところを、再び押し上げられる。今度は勢いが乗った分、より一層強く抉られた。

「ん、ぁあ、あっ」

ずちゅ、と淫らな音を立て今までにない奥を攻められれば、圧迫感など霧散してしまった。誰にも触れられたことのない場所にヴィンセントの欲望がキスしている。小刻みに揺らされて、セラフィーナは淫悦の坩堝《るつぼ》に落とされた。

彼の上で身をくねらせ、赤く肌を染めて蕩けた瞳で愛を囁き、倒れこみそうになるのを必死に堪える。本当は突っ伏してしまいたいほど嵐に呑まれていたが、彼がうっとりとこちらを見上げてくれているから、やめられなかった。

今までセラフィーナは与えられるばかりの快楽しか知らなかったけれども、今はヴィンセントも感じてくれていることがよく分かる。乱れるセラフィーナを凝視する眼には余裕などなく、飢えた瞳が興奮と劣情を露にしていた。それが、とても嬉しい。

「あ、……あっ、ヴィンセント様……ッ」

「……ッ、卑猥な姿の君も、何て美しい……っ」

もっと彼を喜ばせたくて、セラフィーナは前後に腰を揺らした。導かれるまま上下にも動き、いつもヴィンセントがするように密着させた状態で円を描く。すると如実に彼の眉間に皺が寄った。不快に思ったからではない。押し寄せた愉悦の波を耐え忍ぼうとしているからだと分かった。記憶を上書きしていた時でさえ、ずっとヴィンセントだけを見ていたのだから当然だ。

「……そんな悪戯を、どこで覚えてきたのかな？」

「全部……ヴィンセント様に教えられたものです。……ご存知のくせに」

瞳を眇《すが》める彼に一矢報いた気分でセラフィーナは息を継いだ。いつもやられっ放しなので、少しぐらい反撃してみたかったのかもしれない。自分に翻弄され、小さくても喘ぐヴィンセントなど初めて見たから、高揚が抑えきれなかった。

しかし生意気な口をきけたのはここまで。にこりと笑みを形作った彼の唇は、どこか意地の悪いものを含んでいた。

「なるほど。だったらそろそろ新しいことも教えてあげよう」

「え……っ？　や、あぁあっ」

途端に猛烈な勢いで突き上げられて、セラフィーナは全身を戦慄かせた。爪先まで喜悦が走ってゆく。ビリビリとした痺れが弾け、とても上体を起こしていられない。だが、力の抜けた腰をしっかりとヴィンセントの両手と逞しい腿で支えられ、倒れこむことはできなかった。

「や……ッ、ぁ、あ、あんっ」

「……はッ……セラフィーナ、僕を見て」

「んん……ぁ、ッ……」

何も考えられなくなったセラフィーナの頭に、彼の言葉だけが響いた。意味は理解できないまま、その声を辿って視線をさまよわせる。視界に捉えたのは妖艶な色香を纏う人。この世でただ一人、セラフィーナの愛する夫だった。

「ヴィンセント様……っ」

眼が合った瞬間、身体の奥がきゅうっと震えた。もっと触れ合う面積を広げたくて、セラフィーナは視線でキスを強請る。ヴィンセントを見下ろせるこの体勢も嫌いではないが、上半身が離れたままなのが寂しい。できれば彼の腕に抱かれ包みこまれたかった。

「おいで」

「……ぁっ……」

優しく促されて、セラフィーナはヴィンセントの上に重なった。密着した胸の頂が、彼の肌に擦れる。汗の匂いさえ艶めかしく、濡れた鎖骨に鼻を埋めた。体内を支配するヴィンセントの牡が違う角度でセラフィーナの内壁を摩擦し、新たな愉悦を生む。喉を鳴らして喘げば、待ち望んだ口づけを与えられた。

「……は、ん……っ」

「もっと、舌を伸ばして……」

貪り合った口の端から、飲み下しきれなかった唾液が伝った。セラフィーナの顎を伝った滴を、彼が舐めとる。既視感のある行為に思わず笑ってしまった。

「何がおかしい？」

「だって、向こうの屋敷に閉じ込められていた時も、ヴィンセント様は似たようなことをされていました。私の涙を丁寧に舐めとってくれたわ。……変わらないのだな、と思って……いいえ、貴方はずっと同じ愛情を持って接してくれていたのですね……」

言葉や態度に出せない分、何気ない仕草や目線、言葉の端にいつも本心は隠されていた。見ようとしなかったから気づかなかっただけ。思い返してみれば、セラフィーナはいつだって溢れんばかりの優しさに包まれていた。

「……どうしても、愛おしいと想う気持ちには、嘘を吐けなかった」

「私も……どれだけ楽な作り話に逃げても、ヴィンセント様への愛情を忘れられませんでした……」

見つめ合い、改めて唇を重ねる。髪を梳かれ、指を絡めれば、果てはもうすぐそこだった。同じ律動で身体を揺らし、共に昇り詰める。繋いだ手は決して放すまいと痛いほどに力をこめた。見つめ合い、お互いの瞳に映るのが自分だけであることに満足して、二人揃って最後の階段を駆け上がる。『愛している』と紛れもない真実を伝え合うために。

「……っ、あ、あぁあ……っ」

「……っく」

最奥をこじあけるように穿たれて、セラフィーナは絶頂に飛ばされた。一拍遅れて腹の中に熱液が迸る。ビクビクと四肢を躍らせ、最後の一滴まで余すことなく味わい尽くした。

「は……」

心も身体も満たされたのが分かる。圧倒的な充足感が心地よい疲労感と共にセラフィーナを襲った。ヴィンセントの腕に包まれ、暫し彼の上で呼吸を整える。まだ彼が収められたままの内側にもぴったりとくっついた肌にも、ヴィンセントの存在を刻みこんだ。『幸福』の意味を噛み締めながら。

「君は、僕のものだ。そして僕は君だけのもの」

「ええ……二度と、見失ったりしません」

これから先も、おそらく様々な困難があるだろう。時には立ち止まってしまうかもしれない。二度と歩けないと絶望する時もあるかもしれない。けれども、独りではなかった。心を預けられる人がいるならば、きっと乗り越えてゆける。仮に自分が弱音を吐けば、相手が励ましてくれるだろう。逆に相手が足を止めたなら、自分が手を差し伸べてあげられる。セラフィーナたちが築こうとしているのは、そういう関係だった。

二人は絡み合ったまま微笑む。二度と迷路に迷いこまぬようそれぞれが誓いを立て、微睡《まどろ》みに身を任せて眠りに落ちた。

エピローグ

溜まった仕事を精力的に片づけるヴィンセントに、弱り顔の部下が言い淀みながら口を開いた。

「あの、ヴィンセント様……例の男の件なのですが……」

「何だ?」

書類から顔もあげず、ヴィンセントは先を促す。

「は、はい。その……あまりにも暴れるもので、職員たちの手に余るそうです。ですから人数の増員か、施設の設備を補強して欲しいと要望が……」

「ふん、自分たちのミスは忘れて暢気なものだ」

ヴィンセントはまだ、職員たちがあの男を逃がしたことで、セラフィーナが怪我を負ったことを許してはいない。むしろ、怒りは増すばかりだ。それでも生かしておいたのは、多少なりとも役に立つ可能性が残されていたからに他ならない。しかし完全に必要なくなった。セラフィーナは奴が死んだことを受け止めたのだから――

「手間暇をかけて延命してやる必要はない。もし今後暴れるようなら、地下の特別室に閉じ込めておけ。世話は焼かなくていい」

「え……それは……」

「人は水さえあれば一週間は生き永らえるらしいな。あの男に自分の排泄物を飲むという知恵があれば、そのくらいの期間は命を繋げるかもしれない。気が向いたら様子を見に行こう。――誰も面会に来ないのでは、フレッドも寂しいだろうから」

酷薄な笑みを刷いた唇は、とても美しい弧を描いていた。金の瞳はどこまでも澄んでいて、見る者を圧倒する。対峙していた男も、震えながら頭をさげることしかできなかった。

「は、はい、かしこまりました。すぐに手を回します」

「そうか。寄付は今まで通りに。厄介な患者が一人減れば、職員も楽になるだろう」

「は……！　仰せのままに」

逃げるように踵《きびす》を返した部下の背を見送り、ヴィンセントは天井を仰いだ。

これでようやく面倒ごとが一つ減る。施設自体は今後も運営を続けるつもりだ。慈善活動に力を入れている愛しい妻のためにも。

セラフィーナは人を刺してしまったという罪悪感から追い詰められ、現実を拒絶してしまった。そんな彼女にいくら『フレッドは命を取り留めた』と告げても、一向に届くことはなく、無為に時間だけが過ぎていった。

だから、ヴィンセントは嘘を作りあげたのだ。セラフィーナを守るため。そして束縛するために。

最高の切り札が手の内にあるのなら、決して彼女が離れてゆくことはない。そう、例えばセラフィーナがあらゆる記憶を取り戻し、ヴィンセントのもとを去りたいと懇願しても、拒絶することができる。

『ここまでした僕を、君は捨てるのか？』

優しい彼女には、自分のために手を汚した夫を見捨てることなどできるわけがない。

あの嵐の夜、大怪我を負ったフレッドを拉致し、強制的に薬物に溺れさせたのはヴィンセントだった。彼が壊れるのも一向に構わず、劣悪な環境で憎い男を『飼い』続けたのだ。全ては復讐と、セラフィーナを失わないために。

「……僕はね、何でもできるんだよ。君を失わないためなら、どんな罪だって重ねられる」

だからこれは『約束』を違えたことにはならない。『どうしても言えないこと』だから死ぬまで隠し通す。

無垢で純真なセラフィーナを殺人犯にしたくなかったのは本当だ。しかし彼女の命運を握ったと喜びに打ち震えたのも真実。どちらが本当のヴィンセントかなどと、分けて考えることは難しい。

セラフィーナを安全な鳥籠に閉じ込めて守りたい気持ちと、完全に支配したい欲、そして彼女が望むままに生きるのを支えたい思いは常に混在している。自分の中で矛盾はないのだ。ただ、セラフィーナがヴィンセントの世界の中心にいるだけ。

「今朝別れたばかりなのに、もう君が恋しいよ。セラフィーナ」

汚らわしい切り札は、もういらない。今後は邪魔にしかならない男なら、用済みだ。彼女を傷つけたことだけは許しがたいが、ある意味では充分役に立ったのだから、よしとしよう。随分遠回りをしてしまったけれど、ヴィンセントはセラフィーナを取り戻すことができた。しかも、以前よりずっと魅力的になった彼女を。そのことに関してだけは、フレッドに感謝してやってもいい。

「……最大限の免罪として、死ぬことを許してやるよ。フレッド」

かつての友人の名を呼ぶのは、たぶんこれが最後。ヴィンセントは何ごともなかったように再び書類に眼を落とす。

夜空には、満月が輝いていた。

あとがき

初めましての方も、二度目以降の方もこんにちは。山野辺《やまのべ》りりと申します。
こちらを手に取ってくださり、ありがとうございます。
今回は、美麗でダークな表紙からお分かりのように、シリアスなお話です。
それにしても、本当に麗しいイラストですよね。どうぞ、皆さま再度表紙を見てくださ
い。うっとり夢見心地になれますから。閉塞感と執着心が絶妙な美しさを醸し出しており
ます……！
氷堂《ひどう》れん様、ありがとうございます。キャララフは私だけの宝物です。
そんな表紙の二人が織りなすストーリーですが、ちょっと複雑だったりします。ここで
語ってしまうと色々ネタバレなので控えますが、単純な監禁ものではないとお考え下さい。
私も書きながら、『あれ？　結局どうだったっけ……えーと……』と何度かなりました。
我ながら、頭を使いました。
あ、いつも頭を使っていないという意味ではありませんよ！　今回は特に組み立てに悩
まされたということです。
ヒロイン、セラフィーナは内気で優しすぎる面がある女性です。これは彼女の成長物語
でもあります。初っ端から監禁されている、可哀想なお嬢さんですけど……

ヒーローは完全に悪役ですね！　酷い男です。けれど、冷酷な言動と垣間見える気遣いには矛盾があり、ヒロインは次第に混乱してゆきます。どうして自分は囚われているのか、彼の本当の目的は何なのか……

セラフィーナと一緒に探ってもらえたら、と思います。

監禁状態にあるので、場面は限られるし、登場人物も少ないです。その中でどう展開させていくのかが難しかった。

でも、制約がある中で考えて書くのは好きなので、楽しかったです。

私の試行錯誤の跡を、どうぞお探しください。

ところで、夏に中世の街並みが残る国へ旅行したのですが、アスファルトに慣れた私には、石畳がきつかった……

あの上で全力ダッシュは無理です。特にヒールなんて履いていた日には、大惨事ですよ。勾配がきついし。昔の人は、足腰丈夫だったのだな……としみじみ実感。しかも重いドレスを着てなんて……罰ゲームとしか思えない……！

うーん、現実は厳しいですね。

資料として本は沢山持っていますけれど、実際体感するのはやっぱり違う。

西洋の方々は身体が大きいので、あらゆる施設、設備が私には大きいし。別に、私が一際小さいわけではありませんよ？　そりゃ、平均身長には足りませんけどね！　いちいち段差が辛かったのは、私だけではないはず。

あちらのお子様は、大変じゃないのかな？　私は電車の乗り降りも一苦労でしたが。階段が、高すぎる。悲しい。

まぁそれはともかく、綺麗な景色は写真で得る知識を、軽々と凌駕してきました。この感動を、いずれお話の中で役立てられるといいな。とても刺激を受けました。

またどこか別の国にも行きたいですね。

中東などは全く触れたことがないですし、勿論書いたこともないから興味があります。とは言え、日本のことさえろくに知らない私……行きたい場所、見たい景色、食べたいもの。興味は尽きません。

お話を考える上で好奇心は欠かせないものだと思うので、今後も色々遊びに行きたいと思います。と、言い訳しつつ、次はどこへ行こうかと夢想するのが楽しい。そのためにも頑張って働かなければ……！

担当のY様、いつも的確なご指摘ありがとうございます。丁寧に指導して下さり、何とか形にすることができました。ご迷惑、お掛けしております。

お世話になった皆様のおかげで、素晴らしい本ができあがりました。

最後に、もう一度読んでくださった皆様へ最大限の感謝を。どうもありがとうございます。またいつか、お会いできることを祈って！

Sonya
ソーニャ文庫

この本を読んでのご意見・ご感想をお待ちしております。

◆ あて先 ◆

〒101-0051
東京都千代田区神田神保町2-4-7 久月神田ビル
㈱イースト・プレス　ソーニャ文庫編集部
山野辺りり先生／氷堂れん先生

新妻監禁《にいづまかんきん》

2017年9月7日　第1刷発行

著　　者　山野辺《やまのべ》りり
イラスト　氷堂《ひどう》れん
装　　丁　imagejack.inc
D T P　松井和彌
編集・発行人　安本千恵子
発 行 所　株式会社イースト・プレス
〒101-0051
東京都千代田区神田神保町2-4-7 久月神田ビル
TEL 03-5213-4700　FAX 03-5213-4701
印 刷 所　中央精版印刷株式会社

ISBN 978-4-7816-9607-2
定価はカバーに表示してあります。

Sonya ソーニャ文庫の本

穢して、ただの女にしてあげる。

閉ざされた島の教会で、聖女として決められた役割をこなすだけだったルーチェの日常は、年下の若き伯爵フォリーに抱かれた夜から一変する。十三年振りに再会した彼に無理やり純潔を奪われ、聖女の資格を失ったルーチェ。狂おしく求められ、心は乱されていくが――。

『咎の楽園』 山野辺りり

イラスト ウエハラ蜂